KB078321

THE OMNIPOTENT
BRACELET

전능의 팔찌 2부 2
김현석 현대 판타지 장편소설

초판 1쇄 찍은 날 § 2023년 11월 24일
초판 1쇄 펴낸 날 § 2023년 12월 1일

지은이 § 김현석
펴낸이 § 서경석

총괄팀장 § 황창선
편집책임 § 양준
디자인 § 스튜디오 이너스

펴낸곳 § 도서출판 청어람
등록번호 § 제387-1999-000006호
등록일자 § 1999. 5. 31
어람번호 § 제1-3219호

본사 § 경기도 부천시 부일로 483번길 40 서경B/D 3F (우) 14640
편집부 § 서울특별시 구로구 디지털로 272 한신IT타워 404호 (우) 08389
전화 § 02-6956-0531 팩스 § 02-6956-0532
http://www.chungeoram.com
E-mail § chungeorambook@daum.ne

전능의 팔찌

2부

THE OMNIPOTENT BRACELET

김현석 현대 판타지 소설

2

도서출판 청람

전능의 팔찌 2부

THE OMNIPOTENT
BRACELET

목차

2권

Chapter 01

—

오늘 회식이에요?

현수가 나온 프리토리아 의과대학이 이 학교이다.

그러니까 한국으로 치면 서울대학교 의과대학을 졸업한 것과 진배없는 것이다.

현수와 만난 이후 조 지사장이 알아본 내용이다.

어쨌거나 남아공 의사 면허를 국내에서는 인정하지 않기 때문에 한국 의사 면허를 받기 위해 공부 중이라 하였다.

이것마저 취득하면 보건복지부에서 인정한 의사가 되므로 국내 어디든 병원 개업이 가능해진다.

예전엔 의사에게 시집가려면 열쇠 세 개를 가져가야 한다는 말이 있었다.

진료실, 아파트, 그리고 자가용 열쇠를 뜻한다.

노래 실력은 또 어떤가?

장담컨대 그 어떤 오디션 프로그램에 나가도 무조건 우승할 실력이다. 저음과 중음, 그리고 고음까지 모두 탁월하다.

노래보다 작사, 작곡 솜씨가 더 대단하다.

노래방 기계에는 대략 3만 3,000곡 정도가 수록되어 있다.

이 중 어떤 곡도 '지현에게'를 능가하지 못한다. 지극히 개인적인 판단이지만 조연은 그렇게 생각한다.

이 노래 하나만으로도 어마어마한 저작권 수입이 발생하게 될 것이다. 게다가 훈남형 얼굴이고, 신장 184㎝, 체중 75㎏ 정도이다. 흠잡고 싶어도 잡을 흠이 없다.

그리고 영어, 불어, 독일어, 이태리어 등 12개 국어에 능통하고, 부드럽고 상냥한 성품이다.

키 크고, 늘씬하고, 잘생겼고, 배운 것도 많은 데다 돈도 많이 생길 예정이다. 게다가 노래도 엄청 잘하고, 최고의 작사가이며, 작곡가이다. 아울러 곧 의사가 되실 분이다.

이 정도 남자가 딱 한 여자랑 살아야 한다면 그건 다른 여자들에게 불공평한 처사가 될 것이다.

'진짜로 알아봐야겠군.'

조연 지사장의 마음이 굳어질 때 현수는 도로시와 통신을 하고 있었다. 참고로, 도로시와는 음성이 아닌 생각만으로도 의사소통이 가능하다.

어쨌거나 다이안이 본사로 갔을 때 불편함이 없도록 만반의 준비를 지시한 것이다.

'…알았지?'

'쳇! 쟤들이 뭐라고 이런 준비까지 시켜요?'

도로시는 약간 삐친 듯 대꾸했다.

현수는 멤버들이 좋아하는 식재료를 미리 갖추도록 지시했다. 그중 하나가 송로버섯이라 칭하는 트러플(truffle)이다.

서연이 제일 좋아하는 식재료이다.

이 밖에 캐비어는 세란과 연진이, 푸아그라는 정민과 예린이 좋아하기에 넉넉하게 준비하도록 했다.

음료도 각자가 선호하는 것을 골라 충분히 갖추도록 했고, 같이 갈 수 없으니 경호에 만전을 기하도록 했다.

히야신스에 적어도 6개월은 머물기로 했으니 가고 싶어도 당분간은 못 나가는 것이다.

아무튼 멤버들이 마음껏 움직일 수 있도록 가급적 여성 경호원을 고용하고, 국가 원수급으로 보호하라고 일렀다.

곧 세계인으로부터 사랑받을 그룹이니 시작부터 제대로 된 대접을 하려는 것이다.

혹시라도 저택을 마음에 들어 하지 않으면 최고급 호텔이나 리조트에 머물 수 있도록 대비하라고 했다.

먹는 것, 입는 것, 그리고 즐기는 모든 것에 제약이 없도록 백화점 등도 잘 알아두라고 했다.

도로시는 못마땅한 듯 대꾸했지만 모든 지시를 100% 충실하게 이행해야 할 의무가 있고, 그렇게 할 것이다.

현수는 제국을 다스리는 지엄하신 황제이다.

현수는 무상최고존엄(無上最高尊嚴)이고, 말 한마디 한마디가 어명(御命), 아니, 황명(皇命)이니 당연히 따라야 한다.

'또 다른 거 있으세요?'

'다이안이 발표한 것으로 되어 있는 곡 중 40개를 추려줘. 그리고 그거 음질별로 MR 준비해 주고.'

'네, 알았습니다. 악보는요?'

'당연히 줘야지. 오리지널 버전으로.'

세월이 흐르는 동안 다양하게 편곡되면서 점점 더 세련되어 갔지만 최초로 발표된 곡의 악보를 달라는 뜻이다.

'참, 저작권 등록하는 거도 잊지 마.'

현수는 작사가 겸 작곡가이다. 다시 말해 저작권자이다.

따라서 방송이나 노래방 등에서 곡이 연주되거나 사용되는 횟수에 따른 저작권료가 별도로 들어오게 된다.

'지현에게'와 '첫 만남'은 공전[1] 의 히트곡이 될 것이다. 따라서 어마어마하게 큰 금액이 벌릴 예정이다.

거의 모든 방송이, 거의 매일, 매 시간마다 다이안의 음악을 내보내게 될 것이기 때문이다.

한국뿐만 아니라 전 세계 방송사가 이러하다.

---

1) 공전(空前):비교할 만한 것이 이전에는 없음.

캐나다, 미국, 러시아, 아일랜드, 프랑스, 영국, 독일, 이탈리아, 스위스, 스페인, 사우디아라비아, 이란, 이라크, 쿠웨이트, 페루, 브라질, 칠레, 케냐, 수단, 남아공, 콩고민주공화국, 이집트, 에티오피아, 인도네시아, 필리핀, 태국, 미얀마, 베트남, 인도, 지나, 일본 등 거의 모든 국가가 그러하게 된다.

노래방이나 단란주점에서도 마찬가지이다.

거의 매일 모든 룸에서 매 시간마다 최소 세 번 이상씩 선곡되고 불리게 된다.

뿐만이 아니다. 지구의 거의 모든 핸드폰의 컬러링이나 착신음이 다이안의 노래, 또는 멜로디로 바뀐다.

이 노래를 들으면 피로가 회복되고 병세가 확연하게 좋아지는 등의 긍정적 효과를 보이니 당연한 일이다.

참고로 2012년 기록을 보면 저작권료 수입 세계 1위는 영국의 '비틀즈(Beatles)'였고, 한 해에 약 4,000억 원의 저작권 수입이 발생되었다.

비틀즈는 약 200곡을 발표했고, 이 중 빌보드 1위는 20곡이다. 무려 10%나 된다.

현수는 다이안을 통해 224곡을 발표할 예정이다. 모두 빌보드 차트 1위를 할 곡들이다. 100%이다.

비틀즈는 이미 해체된 그룹이지만 다이안은 이제 활동을 시작한다. 당연히 저작권료 수입도 차이가 크다.

예전엔 매월 1조 6,000억 원 이상의 저작권료를 지급 받았다. 전 세계에서 들어온 돈이다.

그 돈은 소년소녀가장과 독거노인들의 복지를 위해 사용되었다. 한국뿐만 아니라 저작권 수입이 발생되는 모든 국가가 혜택을 입었으니 받은 만큼 돌려준 셈이다.

그래서 많은 칭송을 받은 바 있다.

어쨌거나 EU와 미국, 그리고 대한민국은 저작권자 사망 후 70년까지 저작권이 보호된다. 멕시코는 100년이다.

그런데 현수의 수명은 무지막지하게 길다.

현행법대로라면 앞으로 약 2,100년간 저작권 수입이 발생된다. 인류에겐 재앙일 것이다. 이전에도 이런 이유로 곡 발표 후 100년까지만 저작권료를 받았다.

어쨌거나 받을 수 있는 걸 지레 포기할 필요는 없기에 저작권 등록을 지시한 것이다.

'네, 잊지 않고 등록할게요.'

'말 나온 김에 이실리프 저작권관리협회 정관 등 관련 자료들도 준비해 줘.'

이전에도 저작권협회에 문제가 있다고 판단하여 새로운 단체를 만든 것을 상기해낸 것이다.

그러면 자동으로 생각나는 사람이 있다.

'주효진이라는 변호사가 어디에서 뭐 하나 알아보고.'

말이 떨어지기 무섭게 보고가 이어진다.

'주효진 변호사는 현재 서울서부지방법원 바로 옆 3층 건물

에서 법률사무소를 운영하고 있어요.'

'아, 그래?'

모처럼 잘 있는 사람의 소식을 들은 기분이다.

'주효진 변호사의 사무실 전화번호는 02—3920—0800, 휴대폰 번호는 010—4872—0800입니다. 43세인 사무장 성명은……'

'그만!'

놔두면 주효진 변호사의 가족 관계는 물론이고, 팬티 색깔까지 보고할 기세라 중단하도록 했다.

마침 작성된 계약서에 혹시 빠진 게 없나 살펴보던 조 지사장이 자리에서 일어난 때문이기도 하다.

"오늘은 2016년 3월 3일 목요일이야."

조 지사장이 멤버들을 보며 말을 잇는다.

"오늘 다이안이 재결성된 건데 그냥 넘어가면 안 되겠지?"

"와아~! 사장님! 오늘 회식이에요?"

눈치 빠른 정민의 눈빛이 반짝인다. 이때 예린이 나선다.

"사장님, 설마 삼겹살로 때우시려는 건 아니죠?"

전 소속사에서 먹는 걸로 구박을 받은 세란은 혹시라도 '회식은 무슨'이라는 말이 나올까 싶어 얼른 입을 연다.

"왜? 난 삼겹살도 좋은데."

"안 돼요, 안 돼! 쇠고기 먹으러 가요!"

연진은 쇠고기가 몹시 먹고 싶다는 애처로운 표정으로 조 지사장을 바라본다.

이때 서연이 나선다.

"멤버들, 우리가 받을 계약금이 얼마라고?"

"……!"

모두들 갑자기 웬 뜬금없는 소리를 하느냐는 표정으로 서연을 바라본다.

"우린 Y─엔터에 7년간 전속되기로 했고, 1인당 21억 원씩 받기로 했어. 이걸 나눠보면 매월 2,500만 원씩 받는 셈이야. 근데 겨우 쇠고기…?"

"그럼 뭐? 더 좋은 게 뭐가 있는데?"

멤버 중 제일 순진한 연진의 물음이다.

"쇠고기라고 다 같은 게 아니라는 걸 말하고 싶어."

서연이 말의 떨어짐과 동시에 정민이 입을 연다.

"아, 맞아! 한우! 한우 먹으러 가요!"

"그래, 횡성 한우, 엄청 맛있대요."

"나도, 나도! 채끝살, 치마살, 차돌박이, 안창살, 살치살, 부채살 먹고 싶어요. 사주세요! 넹?"

모두들 입을 모은다. 마치 병아리들이 모이 달라고 삐약거리는 것 같은 모습이다.

이때 찬물을 끼얹는 한마디가 있다.

"이 시각에…?"

현재 시각은 새벽 2시 23분이다.

이런저런 대화를 하느라 시간이 꽤 흐른 것이다.

"어머! 진짜……."

"끄응!"

"쳇! 그럼 그렇지. 내가 무슨 복이 있어서……."

"근데 지금 장사하는 집, 이 근처에 없어요?"

왜 없겠는가!

성신여대 앞 먹자골목은 새벽에도 불빛이 훤하다.

"장사하는 집이야 있지. 근데 지금 가면…. 이 근처에 새벽 3시 넘어서까지 영업하는 집이 있을까?"

"쩝! 아마도…, 없겠죠?"

서연은 말을 하면서도 아쉽다는 표정을 짓는다.

"쳇! 그럼, 그렇지."

정민 또한 체념하는 모습이다.

이때 예린과 세란, 그리고 연진이 현수를 바라본다.

이곳에 근무하고 있으니 늦게까지 영업하는 집을 아느냐는 표정이다. 쉬고기도 쉬고기지만 배가 몹시 고파서이다.

현수는 당연히 모른다.

매일 밤 11시가 되기 전에 잠자리에 들기 때문이다. 도로시로부터 각종 의학 지식을 각인받기 위함이다.

따라서 인근에 어떤 가게가 있고 무엇을 팔며 몇 시까지 영업하는지 알지 못한다.

"아쉽지만 회식은 내일! 아니, 이따 저녁에……."

조 지사장의 말은 중간에 잘렸다. 현수가 나선 것이다.

"여러분, 배가 많이 고파요?"

모두의 시선이 쏠렸고, 동시에 같은 대답을 한다.

"네, 배고파요!"

이구동성이다.

"그럼 여기서 식사해요. 내가 요리해 줄게요."

모두들 듣던 중 반가운 소리라는 표정이다.

"어머! 정말요? 정말 만들어주실 거예요?"

"와아~! 요리도 하실 줄 아는 거예요?"

"으잉? 웨이터가 아니셨나?"

말이 떨어지기 무섭게 와글와글 떠든다. 일일이 대꾸하기 보다는 빨리 음식을 만드는 편이 나을 것이다.

"잠시 기다려요. 금방 해올게요."

현수가 주방으로 가려는데 서연이 한마디 한다.

"에에, 금방이요? 설마 누가 다 해놓은 걸로 생색내려는 건 아니시죠?"

"그래, 그럴 수도 있겠다. 그치?"

예린이 동조할 때 서연이 나선다. 늘 냉정하게 상황을 지켜 보곤 했는데 오늘은 이상하게도 자꾸 나댄다.

"사장님, 저는 요리하는 거 구경하고 싶어요."

"그래요. 할 일도 없는데 요리하는 거 구경할래요."

"구경하면 안 돼요? 절대 방해 안 되게 할게요."

다들 진짜 요리할 거냐는 표정이다.

"에구, 할 수 없네요. 좋아요. 따라와요."

잠시 후, 다이안 멤버들은 주방이 들여다보이는 스테인리스로 만들어진 배식대 앞에 나란히 앉았다.

히야신스는 기존의 인테리어를 손보면서 주방의 모습을 공개하도록 개조하였다.

손님에게 위생과 청결 상태를 보여주려는 의도이다.

어쨌거나 다이안 멤버들은 현수가 조리하는 모습을 직접 보고 있다.

타타탁! 타타타타타타타탁! 타타타타타타타탁―!

양파와 당근 등 식재료를 썰어내는 소리이다. 잘리는 것들의 두께가 일정하다. 분명 한두 번 해본 솜씨가 아니다.

멤버들은 소매를 걷은 현수의 모습을 뚫어지라고 바라보고 있다. 요리에 열중한 남자가 얼마나 섹시한지 생전 처음 경험하는 중이다.

썰고, 다지고, 데치고, 굽고, 삶고, 찌고, 튀기고, 볶는가 싶더니 화려한 불 쇼도 보여준다.

"와아~! 멋있다!"

모두가 탄성을 낼 때 맛있는 냄새가 퍼진다.

＊   ＊   ＊

다들 허기를 느끼고 있었기에 저도 모르게 침을 삼킨다.

이때 커다란 접시들을 꺼내놓았다.

식당에서 아구찜 같은 음식을 담아내는 큰 접시 세 개이고, 각각에 수북하게 담겼는데 각기 다른 메뉴이다.

그런데 이건 대체 뭔가 하는 표정이다. 다들 처음 보는 음식인 것이다.

이건 23세기 초에 유행하던 음식으로 현수가 사랑하는 아내들을 위해 자주 만들던 것이라 자신 있는 요리들이다.

"자, 다 되었네요."

이 음식은 맛도 맛이지만 데코레이션이 장난 아니었다.

마치 하나의 예술 작품 같은 모습의 요리를 본 정민 등이 입을 딱 벌린다.

"우와, 이게 다 뭐예요?"

정민의 말에 조 지사장이 반응한다.

"그러게. 나도 처음 보네. 뭐지? 외국 요린가?"

연예기획사를 운영하는 동안 접대하느라 온갖 음식점을 섭렵했지만 한 번도 본 적이 없기에 하는 말이다.

현수가 음식 담긴 접시들을 테이블 위에 놓자 다들 휴대폰부터 꺼내 든다.

"어머, 예뻐라. 이건 뭐지? 흐음, 냄새 참 좋다."

"그러게. 처음 보는데 되게 맛있어 보여요."

"그치? 나도 그런 생각을 했어. 너무 예쁘니까 우리 사진부터 찍고 먹자."

"당근이지. 아무도 손대지 마."

모두들 자신의 SNS에 올릴 생각인 모양이다.

"오랜만에 만든 거라 맛은 어떤지 모르겠어요."

이 말은 사실이다. 무얼 해줄까 하다가 문득 생각이 나서 만든 것인데 마지막으로 만들어본 건 300년쯤 전의 일이다.

어쨌거나 사진 찍기가 끝나자 각자의 접시에 적당히 덜어주었다.

"사장님, 잘 먹겠습니당~!"

"저도요~!"

"후와, 맛있겠당~!"

"흐으음! 이 냄새! 너무 좋다!"

배가 고픈 차였고, 맛있는 냄새가 후각을 자극했는지 모두들 고개를 처박고 음식 먹기에 열중한다.

"우걱우걱, 쩝쩝! 우~와! 넘 맛있쩡! 쩝쩝!"

"헐! 진짜 따봉이다! 이게 대체 뭔데 이렇게 맛있지?"

"사장님, 설마 마약 같은 거 넣은 건 아니죠?"

"세상에, 어떻게 이런 맛이……!"

"헐! 넘 조앙~! 남은 건 다 내 꺼!"

"아니, 몽땅 내가 먹을 거야. 넘보지 마."

"뭔 소리야? 다 내 꺼얌~!"

다들 한 마디씩 하는가 싶더니 이내 닥치고 흡입이다.

현수는 이를 보고 잠시 옛 생각을 했다.

지현과 연희, 그리고 이리냐와 설화, 마지막으로 테리나도 똑같은 반응을 보이곤 했다.

음식은 세 가지이다.

첫째는 인도네시아의 렌당[2]과 멕시코의 쉬림프 타코(Shrimp Tacos)를 응용한 것이다.

둘째, 접시는 인도네시아의 나시고랭[3]과 터키의 케밥(Kebab)이 절묘하게 조합된 요리이다.

세 번째는 태국의 팟타이[4]와 이탈리아의 라자냐[5]에서 착안된 음식이다.

참고로 2011년에 CNN에서 '세상에서 가장 맛있는 요리 50가지'를 발표한 바 있다.

1위는 렌당, 2위는 나시고랭, 팟타이는 5위였다.

아무튼 세 가지 모두 일종의 퓨전 요리이지만 독창적이란 평을 받았다. 그리고 불호(不好) 없이 몽땅 호(好)만 외치던 음식이다.

---

2) 렌당(Rendang) : 소고기를 코코넛 밀크와 레몬그라스, 마늘, 고추 등의 양념을 하여 만든 스튜 형식의 고기찜
3) 나시 고랭(Nasi goreng) : 쌀, 달걀, 닭고기, 새우 등을 함께 볶아 인도네시아 특유의 향신료로 맛을 낸 볶음밥
4) 팟 타이(Pad thai) : 여러 가지 재료와 타마린드의 독특한 양념이 잘 어우러진 볶음국수
5) 라자냐(Lasagna) : 얇고 넓은 사각 모양의 파스타 면과 볼로네제, 베샤멜소스 등을 겹겹이 쌓아 올린 뒤 오븐에 구워 만듦. 볼로네제(Bolognese)는 다진 고기와 토마토로 만든 미트 소스

참고로 '미슐랭 가이드(Michelin Guide)'라는 것이 있다.

프랑스 타이어 회사 미쉐린이 매년 발간하는 레스토랑 평가서이다. 1900년부터 타이어 구매 고객에게 제공하던 자동차 여행안내 책자에서 출발했다.

별 개수로 등급을 표시하며 별 세 개가 가장 높다.

★★★ : 요리를 먹으러 여행을 떠나도 아깝지 않은 식당

★★ : 요리를 맛보기 위해 멀리 찾아갈 만한 식당

★ : 요리가 특별히 훌륭한 식당

미슐랭 가이드에서 특별히 파견한 심사관들은 이실리프 황궁 구내식당에 별 네 개를 매겼다.

아무나 드나들 수 없고 영리를 목적으로 하지 않음에도 음식 맛에 반해서 준 별 네 개이다.

이것만 해도 대단한 일이다. 지금껏 전 세계 어느 주방도 네 개로 평가된 적이 없었으니 파격인 것이다.

현수가 직접 요리를 하던 황실 주방엔 더 특별히 별 다섯 개를 붙였다.

이실리프 제국의 황제 일가와 극히 일부 측근만 이용할 수 있는 곳이지만 그 맛을 뭐라 표현할 수 없었기에 상징적으로 별 다섯 개 등급을 매긴 것이다.

아무튼 100이면 100 모두 먹느라 바빠 엄지손가락만 치켜

들던 것이니 멤버들의 입에도 잘 맞는 모양이다.

와구와구—! 쩝쩝! 우걱우걱—! 쩝쩝쩝!

"후왕! 넘 맛있졍~! 어떻게 이러지?"

"쩝쩝! 나도, 나도! 이런 건 처음이야. 으앙! 마시쪄!"

"세상에! 이건 대체 뭐로 어떻게 만든 거지?"

"쩝쩝쩝! 어떻게 이런 맛이 날까?"

미친 듯이 흡입하는 모습을 보고 있던 현수는 주방장에게 조리법을 알려주면 어떨까 하는 생각을 해보았다.

까다롭기는 하지만 손에 익으면 못할 것도 없을 것이다.

현수가 오랫동안 '짜카오므라이스'의 맛을 잊지 못하듯 사랑하는 아내들도 이 맛을 잊지 못해 틈날 때마다 만들어달라고 성화를 부리곤 했다.

다들 최고급 음식도 질릴 때였음에도 현수가 만들어준 이 음식만은 마다하지 않고 싹싹 접시를 비우곤 했다.

처음엔 자신이 만들어서 맛이 이상해도 예의상 맛있다고 하는 줄 알았다. 그런데 진짜 아니었다.

현수는 지구 역사상 가장 긴 세월을 살았다.

무려 2,961년이나 된다. 그리고 세상 어느 누구보다도 막대한 부(富)를 이루었고, 막강한 권력까지 쥐고 있었다.

게다가 지치지 않는 체력과 팔팔한 젊음을 유지하고 있었다. 그러니 안 해본 게 뭐가 있겠는가!

모든 종류의 취미 활동을 섭렵했다.

독서, 운동, 사냥, 낚시, 여행 등 원 없이 해봤다. 아울러 세상의 거의 모든 악기도 다뤄보았다.

피아노, 바이올린, 첼로, 비올라, 클라리넷, 플루트, 바순, 트럼펫, 트롬본, 호른, 하프, 튜바, 더블베이스, 기타, 드럼 등이다. 모두 마애스트로[6] 수준이다.

애들이 좋아하는 게임도 해봤는데 슈퍼마스터의 동체 시력과 민첩성을 가졌기에 한번 해보면 그다음부터는 영 재미가 없어 직접 만들기도 했다.

처음엔 가상현실 게임이었는데 나중엔 공간확대마법이 가미된 홀로그램 게임까지 만들어냈다.

어느 땐가는 이·미용[7] 기술까지 익혀 아내와 자식, 그리고 손자, 손녀들의 머리를 직접 다듬어주기도 했다.

그러다 요리에 관심을 갖게 되었다.

하여 프랑스, 이탈리아, 인도네시아, 태국, 터키, 스페인, 조지아, 러시아, 일본, 지나, 멕시코, 레바논, 페루, 그리스 등 120개 국(國) 이상을 돌아다니며 요리를 견식했다.

그 결과 거의 모든 요리를 만들어낼 수 있게 되었다.

그러다 이마저 시들해졌을 때 고손자 녀석들과 오붓한 시간을 보낸 적이 있다.

"근데 고조할아버지, 왜 새로운 건 안 만드세요?"

---

6) 마애스트로(Maestro):거장(巨匠), 서양 클래식 음악이나 오페라의 지휘자, 음악 감독, 작곡가, 스승의 경칭(敬稱)
7) 이미용(理美容):이용(理容)과 미용(美容)을 아울러 이르는 말

"새로운 거? 뭐…?"

"할아버진 새로운 게임도 만드셨다고 들었어요."

"지금 너희들이 하고 있는 그것도 내가 만들었지."

22세기 내내 매 3년마다 새로운 버전(Version)이 발표된 인기 절정 게임 '루페온'을 뜻하는 말이다.

참고로 루페온(Lupeon)은 마인트 대륙어로 '새로운 세상'이라는 뜻이다.

사용자 각각의 스토리가 인공지능에 의해 창조되다시피 하는 자유도가 매우 높은 게임이고, 남녀노소 누구나 즐길 수 있었기에 동시 접속자 수는 늘 8억 이상이었다.

이때의 세계 인구는 약 40억 정도였다. 전체 인구의 20% 정도가 늘 게임에 접속해 있었다는 뜻이다.

게임 가운데 원탑(One Top)인지라 현수가 사주(社主)인 '이실리프 온라인'은 엄청난 수익을 올리는 중이었다.

"저번에 고조할머니가 그러시는데 할아버지가 뭐에 한번 꽂히면 그 뒤가 궁금하다고 하시더라구요."

이 녀석이 말하는 고조할머니는 백설화이다. 녀석은 현수의 둘째 녀석의 장남의 차남의 차남이다.

훗날 마다가스카르[8] 총독이 되어 선정을 베푼 바 있다.

"우리 착한 고손자는 뭐가 궁금할까?"

---

8) 마다가스카르(Madagascar) : 아프리카 남동쪽 인도양에 있는 세계에서 4번째로 큰 섬나라. 58만 7,041㎢(대한민국의 약 6배)

현수의 자상한 표정을 본 고손자 녀석이 눈빛을 반짝인다.

"할아버진 뭔가 끝장을 보시면 꼭 새로운 걸 만들어내신대요. 근데 그게 정말 기발하고 멋있대요."

"그래? 네 고조할머니가 그랬어?"

"네. 근데 왜 이번엔 안 그러세요? 저도 궁금해요."

"글쎄? 난 네가 뭘 말하려는 건지 모르겠구나. 직설적으로 이야기하면 안 될까?"

"요리 말이에요. 배울 만큼 배우셨다면서요."

"그래, 다 배웠지. 백 개도 넘는 나라를 돌아다니면서 배웠단다. 그래서 이제 못 만드는 음식은 아마 없을 게야."

"그니까요! 그렇게 다 배우셨는데 왜 새로운 요리를 안 만드시냐구요. 맛있는 거 먹고 싶어요."

"……!"

고손자 녀석의 지적을 받은 현수는 의욕에 찬 얼굴로 조리대 앞에 섰다. 그로부터 두어 달쯤 지난 후 만들어진 음식이 바로 방금 선보인 '테이스토피아(Tastopia)' 시리즈이다.

이는 'Taste of Utopia'가 합성된 명칭이다.

고손녀 가운데 하나가 붙인 것으로 '이상향에서나 먹어볼 수 있는 맛'이라며 칭찬을 아끼지 않은 것이다.

어쨌거나 새롭게 선보인 음식은 아내와 자식, 그리고 손자 손녀들 모두 먹어본 음식 중 최고라고 극찬했다.

테이스토피아의 레시피는 당연히 황궁 주방으로 전수되었

다. 황제가 매일 주방을 들락거릴 수는 없기 때문이다.

덕분에 대중에게 공개된 황궁 구내식당을 이용하는 이들도 모두 테이스토피아를 맛볼 수 있었다.

이들 모두 맛있다며 엄지손가락을 치켜들었다.

하지만 지현과 연희 등 직계가족들은 현수가 직접 만든 것과 같은 맛이 아니라고 했다.

이유를 찾아봤지만 알아내지 못하였다.

현수가 계속 음식을 만들어서 비교해야 하는데 바쁜 일정이 있어서 그럴 수 없었기 때문이다.

현수는 짐작컨대 '마나' 때문일 것이라 생각했다.

당시의 현수는 순수한 마나의 집약체라 해도 좋을 정도였다. 가만히 있어도 마나가 주변을 휘감는 상황이었다.

어쨌거나 테이스토피아는 이실리프 제국의 백성 모두가 즐겨 먹는 메뉴가 되었다.

한국의 김치, 불고기, 갈비찜 정도로 대중적이었다. 아이들도 피자나 치킨보다는 이 음식을 더 선호했다.

현수가 직접 조리하지 않았음에도 그랬다.

'사람들 입맛이 다 거기서 거기이지 않겠어? 흐음! 진짜로 알려줘 볼까?'

이윽고 다이안 멤버들의 식사가 끝났다.

"후와아! 정말 맛있었어. 그치?"

정민의 말에 반응한 건 예린이다. 라면 세 개 분량 정도를 먹어 배가 볼록한 상태이다.

"응. 넘 맛있어서 더 있으면 더 먹을 수 있을 것 같아."

"나도, 나도! 더 있음 좋겠당~!"

세란이 여전히 배가 고프다는 듯 포크에 묻은 양념을 핥자 서연과 연진도 고개를 끄덕인다.

"사장님, 더 해주심 안 돼요? 너무 마시쪄요."

"맞아요. 조금만 더 해주세요. 넹?"

평상시의 서연답지 않게 애교로 메롱까지 한다.

"헐! 방금 여러분이 먹은 건 20대 성인 남성 기준으로 10인 분이 넘어요. 근데도 부족해요?"

현수는 혀를 내두르지 않을 수 없었다. 방금 말한 대로 식욕 왕성한 남성 열두 명이 먹을 분량을 내놨다.

먹고 남으면 두었다가 본인이 먹으려고 넉넉하게 조리한 것이다. 그런데 불과 20여 분 만에 접시를 깨끗이 비워놓고 여전히 배고프다는 표정이니 어찌 안 그렇겠는가.

Chapter 02

—

예전의 몸이 아니라구요

"넹! 소녀는 아직도 배가 고프답니당~!"

"헤헤, 저도요! 저도 더 먹을 수 있어요!"

"맞아요! 더 해주세용! 너무 마시쩌용!"

다들 먹이를 기다리는 제비새끼들처럼 떠들어댄다.

"끄웅! 지사장님은 어떠셨습니까?"

"사실 저는… 제대로 먹어보지도 못했습니다."

조 지사장은 말을 하며 침을 꿀꺽 삼킨다. 시선은 접시에 남은 약간의 소스에 머물러 있다.

조 지사장은 멤버들을 배려했다. 하여 각각 두어 번씩 덜어갈 때까지 보고만 있었다. 그런데 너무 맛있게 먹는다.

하여 마지막 남은 것이라도 먹으려 하였는데 먹보 정민이 접시째 들고 후루룩 마셔 버렸다.

그리곤 접시를 핥으려 하였다.

"에구, 정민아, 사장님 보시는데……."

멤버들은 오늘 현수를 처음 만났다.

신장 184㎝, 체중 75㎏, 나이 25세 정도의 훈남이다. 한번 사귀어봤으면 좋겠다는 마음이 들었다.

그런데 자신들이 소속될 회사의 사장이다.

게다가 세계적인 음반 회사인 아일랜드 데프 잼 레코딩스에서 계약하자고 덤벼드는 작사？작곡가이다.

돈이 엄청 많거나 앞으로 많아질 것이라는 뜻이다.

그리고 '지현에게'와 '첫 만남'를 5중창으로 발표한 장본인이며, 피아노 연주를 끝내주게 잘한다.

뿐만이 아니다. 노래를 불러주었는데 듣는 것만으로도 온몸이 녹아드는 황홀함을 느꼈다.

당연히 잘 보여야 할 대상이다.

속으론 '아! 저런 사람과 연애해봤으면 좋겠다'고 생각했고, '한번 안겨봤으면' 하는 앙큼한 생각도 했다.

그런데 그 사람 앞에서 마치 걸신들린 아귀처럼 게걸스럽게 먹었을 뿐만 아니라 접시째 들고 흡입했고, 남은 소스마저 혀를 내밀어 핥으려고 했다.

"어머나!"

조 지사장의 지적을 받은 정민이 얼른 접시를 내려놓았다. 그러곤 배시시 웃음 지으며 현수의 눈치를 살폈다.

그런데 정면으로 시선이 딱 마주쳤다.

"컥—!"

정민은 단말마 비슷한 괴상한 소리를 내곤 얼른 고개를 숙였다. 두 뺨이 금방 붉게 상기되었다.

이때 뇌리를 관통하는 생각이 있다.

'젠장! 망했어. 이번 생엔 저분이랑 잘되긴 틀렸나 봐.'

정민이 이런 생각을 하고 있을 때 세란 등도 정신을 차렸다. 미친 듯이 흡입하는 모습을 현수가 보았다는 것을 떠올린 멤버들 모두 비슷한 생각이다.

'하필이면……. 으이, 멍충이. 나는 진짜 멍충이야. 대체 어쩌자고 그렇게 처먹었니, 이 멍충아!'

'제기랄! 잘 보여도 시원치 않은데……. 망했어. 완전 거지처럼 보였을 거 아냐.'

'으앙! 내가 미쳤었나 봐. 바부, 바부! 난 바부!'

'으으! 이런… 바보같이… 왜 생각을 못 했지? 조신하게 굴어도 시원치 않을 판에……. 으아! 미쳤어, 미쳤어!'

며칠 굶은 것처럼 허겁지겁 흡입하던 일동이 갑자기 고요해진다. 현수는 이런 모습에 피식 웃음 지었다.

"음식 더 만들어요?"

"아뇨! 아니에요!"

"네, 충분해요. 제 배 좀 보세요. 완전 빵빵해요. 어머!"

연진은 저도 모르게 상의를 들어 올려 복부를 드러냈다. 배부름을 증명하려다 앙증맞은 배꼽을 보여주곤 화들짝 놀라며 얼른 내린다. 본인의 실수를 깨달은 것이다.

"으이~! 바부! 배꼽 예쁘다고 자랑하냐?"

세란의 말에 연진의 두 볼이 시뻘게진다. 너무 부끄러워 쥐구멍이라도 있으면 들어갈 기세이다.

"치이! 내가 일부러 그랬나?"

"그치? 근데 사장님이 니 배꼽 다 보셨어. 이제 어쩔래?"

"뭘?"

"누가 니 배꼽 보면 그 사람한테 시집간다며?"

"그건……!"

이건 본인이 지극히 보수적이라는 표현이었다. 그런데 그걸로 공격받자 순간적으로 대꾸할 수 없어 난처했다.

연진은 슬쩍 현수를 살폈다.

다행히도 설거지할 접시들을 거두고 있었다. Y—엔터의 첫 번째 회식은 이렇게 끝났다.

*   *   *

"폐하, 안 주무실 거예요?"

"내일 영업하려면 이거 다 치워야 하잖아."

"그럼 오늘은 학습 없습니다."

"그래, 그건 할 수 없지. 쩝!"

다이안 멤버와 조 지사장이 돌아간 후 현수는 부지런한 손놀림으로 뒷정리를 했다.

불과 여섯 명이 왔다 갔음에도 생각보다 치울 게 많았다.

걸레질까지 마치고 설거지를 하던 현수는 사용한 식재료의 양을 가늠했다. 개인적인 용도로 써버렸으니 채워놓아야 하기 때문이다.

"도로시, 새벽에 거래처에 문자 넣어줄 거지?"

"당연하죠. 품목과 수량을 말씀만 하세요. 근데 진짜 안 주무서도 되겠어요?"

"자라고? 이 시각에?"

시계를 보니 오전 5시 20분쯤 되었다. 11시부터 영업을 시작하지만 적어도 8시 반부터는 준비해야 한다.

그러려면 8시엔 잠자리에서 일어나야 한다.

그리고 잠자리에 든다고 바로 잠드는 것도 아니고, 자기 전에 양치질도 하고 씻어야 한다.

따라서 2시간 반도 못 잘 상황이다.

수면시간이 적은 건 상관없는데 혹시라도 못 일어나서 업무에 지장을 줄까 저어되어 하는 말이다.

"폐하는 현재 예전의 몸이 아니라구요."

"알아. 그나저나 피로회복에 좋은 음식이 뭐지?"

"칫! 음식으론 즉효가 어렵다는 거 아시잖아요. 차라리 지압이 나아요. 태양혈, 유부혈, 족삼리, 내관혈……."

"알아 알아. 노궁혈과 용천혈 말하려 했지?"

"네, 잘 아시네요."

"끄응! 차라리 조금 잘게. 지압이나 하고 앉아 있는 것보단 낫겠지. 안 그래?"

"네, 그럼요. 시간 되면 제가 깨워 드릴 테니 마음 푹 놓고 주무셔도 됩니다."

"아! 그래줄래?"

도로시라면 아무리 깊이 잠들어 있어도 충분히 깨워줄 수 있다. 뇌에 직접적인 자극을 줄 수 있기 때문이다.

"네, 그럴게요. 그나저나 여기 오신 목적을 혹시 잊으신 건 아니죠?"

요즘엔 다이안과 관련된 일만 하니 하는 말이다.

"뭐…? 당연히 아니지. 내가 어찌 잊겠어. 피해가 컸잖아. 그리고 싹을 자르는 일도 해야지."

2066년 7월 어느 날, 세계 최대 자동차 회사가 된 이실리프 모터스에서 신차를 발표했다.

발표장소는 이실리프 센터 1층이었고, 발표되는 차종은 신개념 스포츠카 Y—S2였다.

이실리프 모터스에서 발표하는 두 번째 스포츠카의 제원은 사전에 언론을 통해 발표된 바 있다.

그걸 보면 포르쉐, 페라리, 람보르기니, 맥라렌, 그리고 부가티 같은 외국 스포츠카들을 훌쩍 뛰어넘었다.

다음은 신차 발표 한 달 전에 배포된 '페라리 488 스콜피온'과 'Y—S2'의 일반 제원 비교이다.

구 분	페라리 488	Y-S2
엔 진	8기통 트윈터보	6기통
배기량	3,900cc	1,998cc
마력수	670마력	714마력
제로백	3.00초	1.75초
연 비	8.8km/ℓ	400km/ℓ

이런 차이가 발생된 것은 각종 마법진 덕분이다.

배기량에 비해 월등한 마력 수와 제로백 차이가 있었는데 백미는 엄청난 연비 차이이다. 대기 환경개선을 위해 화석 연료의 사용을 급격히 줄이기 위함이다.

이때쯤 지구의 마나 농도가 아르센 대륙보다 훨씬 적은 이유가 화석 연료의 연소 때문이라는 것을 알게 되었다.

하여 현수가 특별히 신경 쓴 결과이다.

이보다 사람들의 시선을 끈 것은 1회용이기는 하지만 비상시 'Back Home' 버튼을 누르면 사전에 지정된 장소로 얌전히 되돌아가는 '복귀 기능'이 장착되어 있다는 것이다.

4서클 귀환마법진을 부여한 것이지만 공간이동기술이 개발된 결과라고 둘러댔다.

당연히 과학 · 기술계는 물론이고 상계(商界)와 군부(軍部)의 어마어마한 관심이 집중되었다. 물류의 일대 혁명이고, 전쟁의 양상 자체를 바뀌게 하는 최첨단 기술이기 때문이다.

어쨌거나 발표회장으로 오면 이 기능을 직접 눈으로 볼 수 있게 해준다고 하였다.

하여 정말로 많은 사람들이 몰려들었다.

이실리프 모터스에서는 홍보의 일환으로 신차발표회에 참석한 인원 중 세 명에게 Y—S2를 선물하기로 한 때문이다.

선정 방법은 참석자들이 입장할 때 추첨권을 받아 투명한 상자에 넣고 이를 뽑는 고전적이 방식이다.

하여 초대권을 받은 사람 거의 전부가 참석하였다.

당첨만 되면 2억 8,000만 원 상당의 Y—S2가 거저 생기니 당연한 일이다.

아무튼 신차 발표회는 성황리에 진행되었다.

막바지에 다다랐을 때 사회자가 '백 홈' 버튼을 눌렀다. 그와 동시에 전시되어 있던 차가 사라졌다.

다음 순간 사라졌던 Y—S2가 일부러 비워놓은 공간에 나타났다. 사방을 유리로 막아놓은 곳이다.

유리박스를 덮어놓은 휘장을 들어 올리자 사라졌던 Y—S2가 드러났고, 사회자는 안에 탑승해 있었다.

다들 기절할 정도로 놀라워했다.

'백 홈' 버튼이 사망 사고로 이어질 수 있는 상황을 완벽하게 해소시킨다는 것을 확인했으니 당연한 일이다.

신차 발표회는 인터넷으로 생중계되었다.

그 결과 불과 사흘 만에 200만 대가 계약되었다.

마지막으로 당첨자를 뽑기 위해 사회자가 추첨 상자에 손을 집어넣고 휘휘 젓는 순간 커다란 폭발이 일어났다.

배낭 가득 C4를 채우고 온 웬 미친놈 하나가 자폭 테러를 일으킨 것이다. 그 결과 건물이 붕괴되면서 여럿이 죽거나 다치는 일이 벌어졌다.

사망자 중에는 현수의 손자와 손녀도 있었고, 이실리프 메디슨 민윤서 대표의 손자도 있었다.

이실리프 어패럴 박근홍 사장의 손녀는 두 팔과 한쪽 다리를 잃었고, 이실리프 상사 민주영 회장의 손녀도 심각한 부상을 당했다.

이 일로 여러 사람들이 슬픔에 젖었고 마음 아파했다.

현수와 연락이 되었다면 사망도, 불구도, 부상도 모두 면할 수 있었을 것이다. 대마법사 특유의 위화감을 느꼈을 것이니 폭발을 사전에 제지하였을 것이기 때문이다.

그런데 이때의 현수는 연락을 끊고 멀리 놀러 가 있었다. 바다낚시에 맛을 들여 요트를 타고 남태평양에 머물 때였다.

하여 50년이 넘는 세월 동안 원망을 들었다.

현수가 시간과 공간을 거슬러 대한민국으로 온 것엔 몇 가지 이유가 있다.

첫째는 자폭 테러를 일으킨 놈을 세상에 태어나지 못하도록 하기 위함이다.

둘째는 테러범을 배후에서 조종한 세력에 속하는 놈들을 찾아 없애기 위함이다.

셋째는 친일파의 원흉을 박멸하기 위함이다.

이전의 삶에서 친일파 집단인 '욱일회(旭日會)'와 그들의 하수인이자 행동대원들인 '유능한 일꾼' 명부에 올라 있는 인간들 전부를 무자비하게 징치한 바 있다.

이들은 수없이 많은 총알개미가 서식하는 지옥도로 보내져 끝없는 고통을 당했다.

지옥도엔 샘물이 없어서 식수를 구하려면 물가로 다가가야 했는데 그곳엔 아나콘다와 거대 악어들이 우글거렸다.

욱일회 명부에 이름이 올라 있는 놈들은 전직 국회의원 398명과 현직 국회의원 49명을 포함한 3,137명이다.

이들 중 일부가 제16대 국회에서 '친일 청산법'에 반대한 국회의원 112명과 제17대 국회에서 '친일파 재산환수법'에 서명하지 않는 121명이다.

이밖에 조아일보와 동선일보 사주 및 일가붙이, 그리고 역대 주필과 기자들, 친일파의 후손이 땅을 찾겠다고 소송을 걸었을 때 이들의 손을 들어준 판사 등이다.

이들은 몽땅 지옥도로 보내져 말로 표현할 수 없는 처절한 고통을 겪었다. 그러다 식량을 차지하려 다투다 죽거나 아나콘다와 악어의 먹이가 되어 세상에서 지워졌다.

뿐만이 아니다.

유사시 욱일회원들의 지시를 받아 행동대원 역할을 맡기로 한 4,113명도 지옥도에서 생을 마감했다.

이들의 사체 중 일부는 식인식물인 디오나니아가 생장하는데 필요한 지방과 단백질 등이 되었다.

현수는 이로써 친일파들을 다 지웠다고 생각했다. 그런데 아니었다.

친일파 집단 욱일회를 뒤에서 조종하던 '우광회(右光會)'와 부국회(富菊會)'가 암중에 존재하였다.

그리고 이들은 끊임없이 사회 분란을 야기(惹起)시켰다.

1945년 8월 15일. 왜왕(倭王) 히로히토가 항복한 이후 왜군들은 빠르게 한반도에서 철수했다.

그런데 그때 왜놈 전부가 철수한 것이 아니었다.

일제는 조선을 강점한 동안 많은 문화재와 보물을 강탈했고, 수없이 많은 역사서 등 온갖 문서를 쓸어갔다.

그런데 어느 나라든 약삭빠른 놈들이 있는 법이다.

이런 임무를 수행하던 놈들 중 귀중하다 여겨지는 것들을 몰래 빼돌린 개인이 상당히 많았다.

일제는 34년 하고도 11개월 동안 조선을 강점했다. 한 나라의 언어를 익히기에 충분하고도 남는 기간이다.

조선말을 익힌 놈들 중 일부는 조선인 행세를 하면서 독립군에 대한 정보를 수집하는 한편 몰래 보물을 수집했다.

제값을 치른 건 거의 없고 협박이나 강탈이라는 수단을 써서 모은 것이다. 그런데 왜왕이 항복을 했다.

전쟁에서 졌으니 본국으로 돌아가야 했지만 감춰둔 것을 두고 가기엔 너무 아까웠다.

그래서 신분을 위장하고 한반도에 남았다. 그동안 모아놓은 재산을 결코 포기할 수 없었던 것이다.

조선인 행세에 이력이 붙었기에 들킬 염려는 없었다.

마침 6·25 전쟁이 발발하여 신분 감추기에 더없이 좋은 환경이 조성되었다. 그렇게 세월이 흘렀다.

전쟁이 끝난 후 감춰둔 재물을 발판으로 정계와 재계, 그리고 법조계와 종교계 등으로 진출하기 시작했다.

그러면서 '부국회'라는 이름으로 뭉쳐졌다. 서로를 돕는 것이 자신을 돕는 것이라 생각하여 만들어진 단체이다.

후지산(富士山)과 일본의 국화인 국화(菊花)의 첫 글자를 따서 만든 명칭이다.

해방 직후 잔뜩 몸을 낮추고 있던 이놈들은 6·25전쟁 이후 멸공(滅共)을 부르짖으며 나서기 시작했다.

그리곤 진정 대한민국의 장래를 준비한다면서 극우 모임을 형성시켰다. 그래서 만들어진 단체가 '우광회'이다.

어느 때보다도 반공이라는 이데올로기가 먹혀들던 때인지라 이들의 정치적 입지는 금방 자리 잡혔다.

'부국회'와 '우광회'는 더 이상 세(勢)를 불리지 않는 대신 내부 결속을 강화하는 한편 하부 조직을 만들었다.

이들이 바로 '욱일회'이다.

다시 설명하자면 '부국회'는 간악한 일본인들로 구성된 단체이다. 이들로부터 재정적 지원을 받으며 성장한 '우광회'는 골수 친일 한국인들로 구성되어 있다.

욱일회는 이들 두 단체의 암중 지원을 받으며 자리 잡은 대한민국의 사회 지도층이다.

마지막으로 '유능한 일꾼들'은 욱일회원 밑에 붙어서 소소한 이득을 취하던 모리배 같은 놈들의 집단이다.

어쨌거나 '욱일회'와 '유능한 일꾼들'은 현수의 강력한 의지에 따라 모두 제거되었었다.

이 시기에 위기를 느낀 '부국회'와 '우광회'는 숨죽인 채 바싹 엎드려 있었다. 그래서 존재를 알 수 없었던 것이다.

그러다 2054년 3월 16일이 되었다.

이날 남아 있던 일본 열도가 몽땅 바다 아래로 사라졌다.

이때까지도 제 잘못을 반성하지 못하던 일본에게 현수가 내린 형벌이다.

크고 작은 선박을 타고 대한민국으로 오려던 일본인들은 모두 보트피플[9]이 되었다. 한국에서 최소한의 식량과 식수만 제공했을 뿐 상륙을 허가하지 않은 결과이다.

이때 세계는 인도주의에 입각하여 입국을 불하했다며 지탄의 발언을 쏟아냈다. 이에 대한민국에선 불과 몇십년 전에 한반도를 식민지로 부리던 나라임을 주지시켰다.

어쨌거나 한국으로 오려던 대다수 일본인들은 공해상을 떠돌다 수장(水葬)되었다. 인도주의를 지껄이던 국가에서도 구호의 손길을 베풀지 않은 결과이다.

                    *   *   *

일본이 사라지자 부국회와 우광회는 더 낮게 엎드렸다. 여차하면 가려던 곳이 없어졌으니 당연한 일이다.

그러나 그 시간은 그리 길지 않았다.

2072년이 되자 서서히 세를 불리기 시작했다. 2072년은 이실리프 그룹이 대한민국에서 완전히 철수한 해이다.

그로부터 32년 후인 2104년 3월 6일에 내전(內戰)이 발발한다. 보수와 진보로 갈라진 대한민국은 약 5년 동안 분열된 상태가 되고, 환란으로 인한 원망과 증오가 한반도 남쪽을

---

9) 보트피플(boat people):바다에 배를 띄워 그 안에서 사는 사람, 또는 해로로 비공식적으로 배를 몰고 탈출하는 사람

뒤덮게 된다.

일본이 사라지고 지나가 분열되어 힘을 잃은 상태지만 북쪽에 이실리프 제국이 자리를 지키고 있지 않았다면 타국에 의해 먹혀버렸을지도 모를 만큼 어수선한 시기이다.

이때의 현수는 아르센 대륙과 마인트 대륙을 개발하는 데온 힘을 쏟고 있었다. 지현, 연희, 이리냐, 설화, 테리나도 모두 그곳에 머물렀다.

잠깐씩 필요에 따라 차원이동을 하여 지구를 오갔지만 어느 누구도 한국 내전에 관한 보고를 하지 않았다.

현수의 자손들에게 있어 대한민국은 남의 나라일 뿐이다.

이실리프 그룹 전체가 대한민국으로부터 완전히 철수한 상태라 신경을 끊었다.

2016년 현재 대한민국 국민들이 '시리아 내전'에 전혀 신경 쓰지 않는 것과 같은 맥락이다.

훗날 내전이 있었음을 알게 되었지만 이미 정리된 상태인지라 현수 역시 신경을 끊었다.

그리고 아주 나중에 역사를 전공한 후손 중 한 녀석이 쓴 역사서를 보고서야 부국회와 우광회의 존재를 알게 되었다.

현수는 스스로 창안한 시공간 초월 마법으로 2013년 4월 24일로 가려 했다.

이 시기에 당도했다면 마법 수련에 아주 큰 도움을 줄 수 있었을 것이다. 그리고 이 시기로 가면 훗날 대한민국을 말아 먹을 놈들을 제거하기에 가장 좋다고 판단했다.

이 시기의 어떤 장관을 예로 들자면 징병검사를 세 번이나 연기한 끝에 만성두드러기로 군 면제를 받았다.

참고로, 만성두드러기로 면제처분을 받은 건 390만 명 중 겨우 4명뿐이다. 그리고 이 병은 제대로 치료를 받으면 거의 모두 완치된다.

아무튼 이놈은 장관직에 머물다 훗날 더 높은 자리로 영전 되어 간다. 그래놓고는 공안이나 안보 논리를 내세워 야당과 시민들을 핍박한다. 군대 구경도 못해본 놈이지만 장성들 줄 세우기까지 시켰다.

고름은 결코 살이 되지 않는다. 그리고 개과천선하지 못할 놈들에게 반성할 시간과 기회를 주는 건 낭비이다.

따라서 훗날 적폐가 될 놈들을 일찌감치 사회로부터 격리, 또는 제거하라는 충고를 하려고 왔다.

2013년의 4월은 새 정부의 틀이 잡히지 않은 때이다.

훗날 분탕질을 쳐서 나라를 어지럽힐 놈들 또한 자리를 잡 지 못한 때였다. 따라서 문제가 될 연놈들을 제거하거나 사회 로부터 격리시키기에 최적인 시기였다.

그런데 2013년이 아닌 2016년으로 왔다.

어이없게도 본인은 실종 처리되어 있고, 무병장수하신 부모 님은 일찌감치 돌아가셨다고 한다. 그리고 이전의 삶에서 이루어놓은 모든 것이 사라지고 없다.

뿐만이 아니다.

민주영 같은 친구도 없다. 고등학교와 대학교 친구들도 모두 알지 못하는 사이가 되어 버렸다.

돌아온 목적을 달성하려면 직접 나서는 수밖에 없는데 초장부터 뜻대로 되지 않는다.

휴먼하트가 문제를 일으켜 마법과 내공을 전혀 쓸 수 없게 되었다. 마법 배낭도 사용 불능이다.

무엇이든 만들 수 있는 만능제작기가 있지만 원소수집기가 없어 무용지물인 상태이다. 게다가 외국인 신세이다.

가히 슈퍼맨급이던 신체는 평범한 인간과 같은 상태가 되었지만 진짜 평범해진 것은 아니다.

체내의 마나가 모두 사라진 것이 아니기 때문이며, 바디체인지가 모두 무효가 된 것도 아니다.

하여 수명은 여전히 5,000년이고, 현존 인류 가운데 가장 늙은 2,961세나 되었지만 겨우 25세 청년으로 보인다.

아울러 어떠한 극독도 해를 끼치지 못하는 만독불침인 상황도 유지되고 있다.

이렇듯 신체는 완전무결한 상태이다.

다만 한서불침만 일시적으로 해제된 상태이다. 휴먼하트의 적응기가 끝나면 원래대로 회복될 것이다.

그나마 다행인 점은 도로시가 있다는 것과 기억과 지식이

고스란히 유지되고 있다는 것이다.

"저는 폐하께서 혹시라도 이곳에 오신 목적을 잊으신 듯하여 말씀드린 겁니다."

"아니라니까. 근데 왜? 뭐 할 말 있어?"

현수와 도로시는 함께한 시간이 상당히 길다.

숲의 여신 아리아니가 서정적[10] 이라면 도로시는 지극히 이성적이다. 그래서 대화하는 맛이 달랐다.

어마어마한 데이터를 가지고 있으며, 즉각적으로 모든 것을 검색하고, 이해하며, 파악하고, 추론해내는 능력이 타의 추종을 불허할 만큼 대단하다.

그래서 무엇을 묻든 즉각적인 대답을 들을 수 있어서 좋았다. 다만 이곳으로 온 이후엔 인터넷 속도가 너무 느려서 조금은 랙(lag)이 걸린 듯한 느낌일 뿐이다.

어쨌거나 현수는 도로시의 대답을 듣고 묘한 뉘앙스를 느꼈다. 다만 구체적이진 않았다.

"그게요……."

"뭔데? 대체 뭔데 천하의 도로시가 말을 하다 말아?"

"이곳에 오신 목적은 당장 이루지 않아도 되는 거잖아요."

"흐음! 그건 그렇지."

아무 일 안 해도 폭발 사고는 일어나지 않을 것이다.

---

10) 서정적(抒情的/敍情的):정서를 듬뿍 담고 있는. 또는 그런 것

지현과 연희는 모두 다른 사내의 아내가 되었는지라 폭발 사고로 목숨을 잃을 아이들이 태어날 수 없는 상황이다.

그리고 이실리프 모터스라는 회사가 만들어지지도 않을 것이니 신차 발표회도 없다.

"폐하는 이곳이 평행차원 지구 같다고 말씀하셨지요?"

"원래 내가 살던 과거의 세상이 아닌 건 분명해."

현수가 살던 2016년은 남자가 대통령이었다.

그는 독도 해역이 일본에 의해 침범당했을 때 이를 좌시하려던 친일파 놈이다.

그래서 외무장관 정순목에게 아무런 조치도 하지 말라는 지시를 내렸다. 그러곤 일본 정계를 막후에서 지배하는 시게노 나루토시라는 자에게 다음과 같은 메시지를 보냈다.

드디어 시간이 왔군요. 오래 기다리셨습니다. 이쪽은 물러설 것입니다. 뜻하신 대로 행하셔도 좋습니다. ― 가네다.

한국의 대통령이 일본 고유 검색 엔진인 'Excite'의 메일 계정으로 보낸 것이다. 내용인즉 한국의 해경이나 해군을 가만히 있도록 할 테니 얼른 독도를 집어삼키라는 뜻이다.

이에 분노한 현수는 딥 코마(deep coma) 마법으로 대통령 등의 유고(有故) 상황을 만들었다. 그러곤 재야의 양심적 지식인을 지원하여 대통령이 되도록 한 바 있다.

그런데 지금은 여자가 대통령이다. 친일파였고, 공산주의자였으며, 독재자이던 놈의 딸이다.

그렇기에 평행차원의 지구라 생각한 것이다.

"그렇다면 부국회와 우광회 같은 게 없을 수도 있잖아요."

"…… 그건 그럴 수도 있겠다."

확인해 봐야 알 일인 것만은 분명했다.

"같은 맥락으로 욱일회도 없지 않을까요?"

"그래, 그것도 ……."

현수는 고개를 끄덕여 동의를 표했다.

"폐하, 원래의 세상으로 돌아가시려면 휴먼하트가 적응기를 끝내야 해요."

"그래, 말 나온 김에 묻자. 얼마나 걸릴 것 같니?"

현수는 생활의 편리를 위해 세탁, 표백, 설거지, 청소, 정리정돈 등 각종 마법을 창안해 냈다.

요리를 할 때 사용하는 숙성과 데치기, 삶기, 굽기, 튀기기 같은 마법도 있다. 그런데 호흡하듯 너무도 당연한 것들을 전혀 쓸 수 없으니 몹시 불편했다.

"글쎄요? 언제 회복될지는 저도 잘 모르겠어요. 데이터에 없는 상황이라 그래요."

"흐음! 그래?"

"한 가지 분명한 것은 제법 긴 시간이 필요할 것이라는 거예요."

"그래, 그건 그렇겠지."

현수는 고개를 끄덕였다.

시간이 날 때마다 운기하여 내공을 일으켜 보고 휴먼하트를 느껴보려 했지만 미동(微動)도 않았기 때문이다.

이때 도로시의 말이 이어진다.

"그래서 말인데, 잠시 다른 일을 하셔도 될 것 같아요."

"다른 일? 뭐?"

"폐하께서는 이곳에 오시기 전에 몇 번이나 평범한 삶을 살아보는 유희를 하고 싶다고 하셨어요. 맞죠?"

"그래, 그래서 지금 하고 있잖아. 피곤하지만 만족해."

실제로 몸은 몹시 피곤하다. 그리고 정말 싸가지 없는 진상 손님을 겪을 때면 욱하는 기분이 들기도 한다.

똥 기저귀를 식탁에 올려놓고 가거나, 손님들이 사용하는 유리컵에 오줌을 누게 하는 맘충들이 그중 일부이다.

이실리프 제국에서 그랬다면 태형을 가하거나 수백 시간에 달하는 중노동, 또는 사회봉사 명령을 내렸을 것이다.

남을 배려하지 않는 이기심을 처벌하는 규정이 그러하다.

하지만 이곳은 '이기적 행동 처벌규정'이라는 어휘조차 들어본 사람이 없는 세상이다.

하여 유희라 생각하고 모든 것을 너그럽게 용서하는 중이다. 그러니 기분 나쁘지 않은 것이다.

"아까 만난 다섯 여성들 신체를 스캔해 본 결과……."

"뭐라고? 다이안의 신체를 스캔했어? 도로시 너……!"

경고의 의미였지만 도로시는 이를 무시했다.

"이곳에서 만난 가장 적합한 객체예요."

"적합한 객체라니? 그게 무슨 뜻이야?"

"폐하, 폐하의 신체 연령은 현재 25세예요. 그리고 이곳 시간으로 매 40년이 지날 때마다 한 살씩 늙어갈 거예요."

"그래서?"

"평범하고 싶다면서요? 그럼 이곳의 평범한 젊은이들처럼 연애도 하고 그러셔야 하지 않겠어요?"

"끄응! 또……."

현수의 말은 이어지지 못했다. 도로시의 잔소리 신공이 시작된 때문이다.

"아까 만난 다섯 여인은 유전적 문제가 없는 양호한 형질이에요. 굳이 슈퍼 포션을 복용시키지 않아도 기형아나 유전적 결함을 가진 아이가 태어나지 않을 신체라구요."

"……!"

"검색해 보니 폐하는 남아공 법률상 흑인이에요."

"뭐라고? 내가 흑인이라고? 황인종인데?"

심히 놀랍다는 표정을 지어 보였다.

"거기 대법원에서 그런 판결을 내린 바 있어요."

"허어! 내가 흑인이라니……."

한 번도 생각해 보지 않은 일이기에 무어라 대꾸할 내용이 없어 잠시 말끝을 흐리는데 도로시의 말이 이어진다.

"그래서 폐하는 일부다처가 법적으로 허용돼요."

"일부다처? 그 나라, 일부일처제 아니야?"

"백인은 그래요. 흑인은 아니구요. 법률적으로요. 그러니 여러 부인을 거느리셔도 된답니다."

도로시의 말처럼 남아공은 흑인에 한해 일부다처가 허용된다. 능력만 있으면 3처 4첩이 아니라 10처 20첩을 얻어도 손가락질당하지 않는다.

오히려 '너의 그런 재력이 부럽다'는 시선을 받을 뿐이다.

"끄으응!"

점입가경이라는 느낌이라 내뱉은 침음성이다. 그러거나 말거나 도로시의 수다는 이어진다.

Chapter 03
—
사장님은 내 거야!

"아까 그 여성들은 다량의 페닐실라민(phenylethylamine)과 도파민(dopamine) 등을 분비했어요."

안토니 월쉬(Anthony Walsh)가 저술한 '사랑의 과학'이라는 책에 다음과 같은 내용이 있다.

페닐실라민은 낯선 사람에게 주책없이 미소를 짓게 만든다. 여러분에게 매력적으로 느껴지는 사람을 만나게 되면 페닐실라민 공장에 가동을 명하는 신호가 보내진다.

다음은 미국 에모리 대학교에서 정신의학과 경제학을 가

르치는 저명한 뇌과학자이자 신경경제학 교수인 그레고리 번스(Gregory Berns)가 쓴 책의 내용 중 일부이다.

행복을 느끼면 신경 전달물질인 도파민이 왕성하게 분비된다. 이 때문에 도파민이 '행복물질'이라고 불린다.

전문가들은 도파민이 '춤추고 싶을 정도로 몸과 마음이 유연해지면서 로맨틱해지게 만드는 물질'이라고도 했다.

도로시가 페닐실라민과 도파민을 언급한 것은 다이안 멤버들이 사랑을 느꼈다는 것을 표현한 것이다.

사랑과 연애에 대한 데이터가 상대적으로 적어서 이런 학술적인 표현을 쓴 것이다.

현수가 어찌 모르겠는가!

남는 게 시간뿐인지라 도서관의 책을 거의 전부 읽은 바 있다. 따라서 도로시가 무엇을 이야기하려는지 금방 간파해 냈다. 하지만 시치미를 떼었다.

"나더러 조금이라도 자라며? 근데 갑자기 웬 호르몬 타령이야? 지금부터 토론하자고?"

도로시가 처음 에고를 가졌을 때는 날밤을 새워가며, 심지어 900 대 1짜리 시간 결계 속에서 토론하곤 했다.

이런 표현은 조금 이상하지만 에고 컴퓨터가 올바른 인격과 도덕관을 갖도록 하기 위함이다.

현수도 토론을 즐겼다.

시간은 많았고, 너무도 이성적인 도로시이기에 무슨 말을 하든 딱딱 맞아떨어지는 대꾸를 들을 수 있었기 때문이다.

"아, 맞아요. 지금은 주무셔야지요. 알았어요. 한가해지실 때 다시 말씀드릴게요."

"그래, 한가해지면 말해."

현수는 한가해지지 않도록 노력해야겠다고 생각했다.

잠시 후 잠자리에 누운 현수는 금방 잠들었다. 몹시 피곤한 하루가 지난 것이다.

잠들기 직전 도로시가 뭔가를 물었지만 현수는 인식하지 못했다. 막 꿈나라도 진입했기 때문이다.

도로시가 한 말은 다음과 같다.

"근데 폐하, 이즈음의 책들을 검색해 보니 '카사노바처럼 살고 싶다'는 문구가 많은데 카사노바가 누군가요?"

"아, 찾았어요. 흐음! 직업도 여러 가지였고 상당히 많은 여인을 섭렵(涉獵)했다고 나오네요. 폐하도 두루 두루 섭렵하시길 바라요. 그래야 데이터가 빵빵해지거든요."

"근데 섭렵은 물을 건너 찾아다닌다는 뜻으로 많은 책을 널리 읽거나 여기저기 찾아다니며 경험함을 이르는 말인데 여인들을 섭렵한다는 게 뭔가요?"

"근데 어떻게…? 에휴, 벌써 잠드셨군요. 맞아요. 오늘은 조금 피곤했을 거예요. 주무세요. 나중에 말해요."

현수가 들었으면 야단쳤을 말이지만 듣지 못했으니 어쩌겠
는가! 현수가 아무런 대꾸도 하지 않자 도로시는 카사노바의
삶에 대한 검색을 시작했다.

*   *   *

올리번 캔델은 다이안 멤버들을 보는 순간 눈빛을 반짝였
다. 한국에 들어와 많은 연예인을 보거나 만났다.

소속 가수 싸이(PSY) 덕분이다.

주로 가수를 만났는데 배우와 탤런트도 여럿 보았다.

밤에는 한국의 TV 방송을 시청했다. 그러는 동안 더 많은
연예인을 볼 수 있었다.

그런데 다이안 멤버들은 지금껏 본 그 어떤 여자 연예인보
다도 아름다웠다. 하나가 아니라 다섯 모두가 각자의 아름다
움을 뽐냈다.

오늘은 멤버들 모두 한껏 멋을 냈다.

본바탕이 성형수술 없는 모태 미녀인지라 화장이 더해지자
천사 같은 용모가 된 것이다.

멤버들의 기분이 한껏 부풀어 올랐다. 곧 지불될 계약금
21억 원 때문이 아니었다. 바하마의 멋진 저택으로 놀러 가게

되서도 아니었고, 아일랜드 데프 잼 레코딩스와 음반 판권과 매니지먼트 계약을 체결하기 때문도 아니었다.

멋진 모습으로 피아노를 연주하며 노래를 불러주었으며, 배가 터질 정도로 맛있는 음식을 요리해 준 소속사 사장 Heins Kim을 또 만나기 때문이었다.

처음 보았을 때는 혹시라도 신세를 망치는 길로 들어선 것은 아닌가 하는 불안감을 주던 사내이다.

그런데 온몸이 녹아내리는 것 같은 노래를 불러주었다.

그리고 세상에 태어나 맛본 그 어떤 것보다도 맛있는 요리를 해주었다.

그 결과 서연과 세란 등 멤버들 모두 사랑에 빠졌다. 연애 경험이 전혀 없는 숙맥들이 현수만 바라보게 된 것이다.

새벽 4시쯤 히야신스에서 나온 멤버들은 곧장 여의도에 소재한 레지던스[11] 로 향했다.

꼬박 밤을 새운 셈이기에 일단 씻고 잠자리에 들었다.

연예인이라 낮과 밤이 뒤집어진 생활이 익숙했기에 금방 꿈나라로 들어갔다. 몇 시간의 숙면을 취하는 동안 각자는 '동화 속, 백마 탄 멋진 왕자'를 만나는 꿈을 꾸었다.

정오 즈음에 일어나 간단히 세수를 하고 점심을 먹은 뒤부터 지금까지 수다가 이어졌다.

---

11) 레지던스 : 가정집과 같은 분위기에 호텔 수준의 서비스가 제공되는 숙박업소

조연 지사장은 이들의 대화를 듣고 심각한 표정이 되었다.

다이안 다섯 멤버들은 친자매보다도 더 사이가 좋았다.

그런데 내부 분열, 그것도 아주 심각한 감정적 분열이 일어날 조짐이 보인 것이다.

서로 현수를 차지하겠다는 독점욕이 빚어낸 상황이다.

"야야, 사장님은 내 거야! 니들은 신경 꺼!"

"흥! 무슨 소리! 사장님이 날 보시는 눈길 못 봤어?"

"그게 널 보신 거냐? 뒤에 있던 날 보신 거지. 정민이 너, 참 눈치가 없구나?"

"어쭈? 지금 니가 감히 나한테……?"

정민이 예린에게 달려들 때 세란이 한마디 한다.

"얘들아, 지금 니들 미래의 내 남편을 두고 서로 싸우는 거니? 쯧쯧, 넘볼 걸 넘봐라."

"얘가, 얘가… 지금 무슨 소릴 하는 거야? 사장님이 어떻게 니 남편이 되니? 너 방귀 냄새 엄청 독하잖아."

세란이 서연을 째려본다.

"내 방귀 냄새가 독하다고?"

"그래. 너 그거 거의 독가스 수준이야. 설마 몰랐어?"

"맞아. 그 냄새 맡으면 사장님 돌아가실걸?"

서연을 편들어준 건 예린이다.

"그러는 너는? 잘 때 이빨 엄청 심하게 갈잖아. 사장님이 너 때문에 잠도 못 주무시겠다. 빠드득 빠드득!"

"끄웅! 이 대목에서 그 이야기가 왜 나와? 그리고 내가 사장님보다 늦게 잠들면 되잖아."

"야, 그럼 나도 방귀 안 뀌면 되잖아."

"이것들이 진짜……! 야, 사장님 내 거라고 분명히 말했지? 니들 앞으로 내 앞에서 사장님의 '사' 자도 꺼내지 마."

"야, 니가 뭔데?"

"맞아! 니가 뭔데 강요해? 글구 사장님이 어떻게 니 거니? 어제 처음 봐놓고. 그리고 넌 화장실만 가면 코딱지 떼서 아무 데나 문질러 놓잖아."

"그래, 그거 더러워 죽겠어, 진짜!"

"헐! 이것들이 진짜……?"

"야, 니들 입 다물어. 나랑 한번 붙어볼 사람만 떠들고."

곁에서 가만히 지켜보던 조 지사장은 더 놔두었다간 오늘 중으로 팀이 깨질 것이라 생각했다.

"험험! 사장님이 너희들 이러는 거 아시면 좋아할까?"

멤버 모두의 시선을 받은 조 지사장이 말을 이었다.

"방귀 냄새 독하고, 잘 때 이빨 빠드득 갈고, 코딱지 떼서 아무 데나 문질러 놓고, 툭하면 싸우겠다고 떠드는 너희들을 사장님이 좋아하실까?"

"……!"

"헤헤! 난 해당 없지롱~!"

방귀 냄새 안 독하고, 이빨 안 갈며, 코딱지 아무 데나 문지르지 않고, 싸우겠다고 화딱지를 내지 않는 멤버의 말이다.

"없기는, 넌 팬티를 사흘에 한 번 갈아입잖아."

"맞아. 더러워! 냄새나."

"… 치사해, 니들! 지시장님도 계시는데! 씨잉!"

토라진 듯 고개를 홱 돌리자 조 지사장이 말을 이었다.

"자, 너희 다섯 명의 단점이 뭔지 이제 다 알았어. 내가 이걸 사장님에게 말하면 니들을 어떤 눈으로 보실까?"

"으악! 안 돼요! 안 돼!"

"맞아요! 넘 치사해요! 그러지 마요!"

"우리 안 싸울게요. 그러니 제발……."

"잘못했어요. 안 그럴게요."

"쳇! 이런 게 약점 잡히는 거구나."

조 지사장은 회심의 미소를 지었다.

"우리 속담에 '떡 줄 사람은 생각지도 않는데 김칫국 먼저 마신다'는 말이 있는데 이 말 뜻 알아?"

"쳇! 그럼 알지 모르겠어요?"

세란의 반응이다.

"내가 보기에 너희들 모두 김칫국 먼저 마시는 거 같아."

"……?"

다들 무슨 뜻으로 한 말이냐는 표정이다.

"내가 보기에도 사장님은 괜찮은 남자야. 키 크지, 잘생겼지, 돈 많지, 재주 좋지, 게다가 곧 의사가 되실 분이야."

"······!"

다들 아무런 대꾸도 하지 않는다. 무관심이 아니라 다 동의하니 어서 빨리 말이나 이으라는 뜻이다.

"조만간 미국에 가실 텐데 니들 '클레이 모레츠'나 '엠마 왓슨' 같은 여배우 알지?"

어찌 클레이 모레츠와 엠마 왓슨 같은 할리우드 배우들을 모르겠는가! 모두들 고개를 끄덕인다.

"너희들도 알다시피 '지현에게'와 '첫 만남'은 영어로 'To Jenny'와 'First Meeting'이란 곡명으로 발표되었어."

모두들 고개를 끄덕인다. 요즘 가장 핫한 노래이니 모를 수가 없는 것이다.

"미국에 가면 엄청 유명인사 대접 받겠지? 게다가 아일랜드 데프 잼 레코딩스와 계약까지 되어 있으니까."

"네에."

왠지 힘없는 대답이다.

"자, 여기서 질문! 클레이 모레츠와 엠마 왓슨, 그리고 너희들! 누가 더 유명할까?"

"그야, 클레이 모레츠와 엠마 왓슨이겠죠. 대표님, 걔들은 할리우드에서도 ······."

세란의 말은 중간에 잘렸다.

"너희들끼리 싸우는 모습을 보다 미국에 갔어. 근데 클레이 모레즈 같은 미녀가 와서 사귀자고 하면 어떻게 되겠니?"

"……!"

다들 대답이 없다. 너무 뻔한 이야기라 그렇다.

"나는 너희들끼리 이렇게 싸울 게 아니라고 봐."

"그럼 어떻게 해요? 사장님이 좋은걸!"

연진은 하루 만에 완전히 사랑에 빠져 버린 얼굴이다. 그야말로 Just fall in love 된 표정이다.

"저도 좋아요. 무지무지 좋아요."

"저는 사랑해요. 사장님을 열렬히 사랑해요."

"치이, 나는 미친 듯이 사랑해요."

"난 내 모든 걸 다 줄 수 있어요. 심지어 순결도……."

"나도, 나도! 나도 다 드릴 수 있어요."

또 경쟁하듯 한 마디씩 내뱉는데 점점 더 내용이 심해진다. 조 지사장 또한 한마디 하지 않을 수 없다.

"그래, 그렇게 해라. 또 싸워. 사장님이 참 좋아하시겠다."

"에이, 우리더러 어쩌라구요?"

정민과 다들 같은 의견인지 모두 조 지사장을 바라본다.

"사장님 국적이 어딘지 알지?"

"알아요. 남아프리카공화국!"

"그래, 그 나라가 일부다처제라는 것도 알아?"

"일부… 다처제요? 그게 뭐예요?"

순진한 연진의 말에 세란이 발끈하며 끼어든다.

"이 바보야, 일부다처제는 한 남자가 여러 여자랑 결혼할 수 있다는 말이야."

"헐!"

*　　　　　　*　　　　　　*

다들 몹시 떫은 표정이다. 그러다 예린이 입을 연다.

"근데 진짜 그런 게 있어요?"

"그래. 일부다처제(一夫多妻制)만 있는 게 아냐. 반대인 일처다부제(一妻多夫制)도 있어. 옆 나라 지나에서는……."

잠시 조 지사장의 말이 이어졌다.

다음이 그 내용 중 일부이다. 이는 법제만보(法制晚報)라는 신문에 실린 기사이다.

정부는 인구가 급속도로 불어나자 한 자녀 갖기를 강요한 바 있다. 하여 태아가 딸이면 낙태시키는 일이 성행했다.

이것은 심각한 성비 불균형으로 이어졌다.

그 결과 2020년이 되면 짝 없는 독신남이 3,000만 명이 넘게 되어 심각한 사회 문제가 될 것이다.

경제학 원리의 관점에서 사회 문제를 바라본다면 저소득층 남성 여럿이 한 명의 부인을 맞는 '일처다부제'를 허용하면 독신남 문제를 해결할 수 있다.

경제학자인 절강성(浙江省) 재경대 사작시(謝作詩) 교수의 주장이고, 2015년 10월 22일에 보도된 내용이다.

"헐! 한 여자가 여러 남자랑 산다고요?"

"그래. 여성의 숫자가 부족하니 어쩔 수 없지."

"그럼 이 남자랑 키스했다가 곧바로 다른 남자랑도 키스하고 그러겠네요?"

연진의 말에 예린이 발끈한다.

"에이, 누가 그래요?"

"예린이 말이 맞아요. 그리고 그러다 아기를 낳으면 누가 친아버지인지 모르는 거잖아요."

"유전자 검사를 하면 되겠지. 근데 그게 중요한 게 아냐."

"그럼 뭐죠?"

"너희들이 지금 사장님을 놓고 싸운다는 거야."

"……!"

다들 말이 없다. 이제 본론으로 돌아올 때다.

"지금으로부터 100년 전만 해도 한 남자가 여러 여인을 거느리는 게 전혀 이상하지 않았어."

"100년 전이면 1916년이요? 일제강점기네요."

"그래. 그때는 소위 양반이라고 하는 자, 또는 부유한 자들이 여러 첩을 거느리기도 했어."

"정말요? 하나둘도 아니고 여럿이나요?"

순진무구한 연진의 물음이다.

"그러니까 한 남자가 정식 아내 외에 여러 여자를 데리고 살았다고요?"

멤버 중 가장 눈치 빠른 정민은 이 대목에서 뭔가 감을 잡은 듯한 표정이다.

"지금도 드라마에서 재벌들이 본부인 이외에 다른 여자랑 같이 살면서 아들 낳고 그러는 거 많이 나오잖아."

조 지사장의 말이 떨어지기 무섭게 예린이 아는 척한다.

"아, 막장드라마에 나오는 '출생의 비밀'요?"

"그래, 잘 아네. 우리나라에선 일부다처제가 법적으로 허용되지 않아서 드라마로 나오는 거야. 그게 사람들의 호기심을 자극하거든. 하지만 사장님은 다르지."

"남아공에선 일부다처제를 허용하니까 우리끼리 싸우지 말고 혹시 있을지 모를 외부의 경쟁자들을 다 같이 힘을 합쳐 물리치라는 말씀이신 거죠?"

역시 똑똑한 정민이다. 한마디로 싹 정리가 되었다.

"니들끼리 싸워봤자 사장님은 절대 좋게 안 봐. 그러니까 일단은 단합을 해. 니들이 1 대 1로 클레이 모레츠나 엠마 왓슨이랑 경쟁할 수 있겠어?"

"……!"

마지막이 염장을 지르는 말이 되었는지 다들 꿀 먹은 벙어리처럼 입을 다물고 있다.

"다 같이 사이좋게 지내. 너무 노골적으로 다가가지 말고. 남자들은 그렇게 다가오는 여자들을 경계해. 그러니……."

잠시 남자에 대한 설명이 이어졌다.

조 지사장 본인의 생각과 경험을 바탕으로 한 이야기인지라 모두들 금방 몰입해서 경청한다.

긴 이야기가 끝나자 리더인 서연이 나섰다.

"알았어요. 말씀대로 할게요. 니들도 그럴 거지?"

"응, 그렇게."

"나도 약속해. 우리 잘하자."

"좋아, 우리 다 같이 페어플레이해."

"근데 우리가 다 같이 시집가면 안 되는 거예요?"

연진의 말에 조 지사장은 고개를 설레설레 흔들었다.

너무 순진해서 가끔은 조금 모자라는 것 같은 느낌이 든 때문이다. 머리가 나쁜 건 아니다.

오히려 상당히 명석한 두뇌를 가졌다.

최상위권은 아니지만 서울 소재 상위권 대학을 실력으로 입학했으며, 학점도 나쁘지 않았다.

순진하고 착하기만 할 뿐 악한 마음을 갖지 않으니 뭐라고 할 수도 없는 노릇이다.

조연 지사장이 일부다처제 이야기를 꺼낸 건 정말 그러라는 뜻이 아니었다. 현수로 인한 다툼 때문에 자칫 팀이 깨질 것 같아 미봉책으로 꺼낸 이야기일 뿐이다.

조 지사장은 제법 긴 시간 동안 연예기획사에서 팀장급으로 근무했다. 그러다 독립해서 케이원 엔터를 만들었고, 다이안 멤버를 직접 캐스팅했다.

인터넷 등에 예쁘다고 소문난 여학생들을 두루 만나러 다녔다. 그렇게 만난 인원은 약 1,800명이다.

이들 중 얼굴에 칼을 댄 학생은 일단 제외했다.

다음은 품행이 단정치 못하거나 인성이 별로라고 판단된 아이들도 모두 명단에서 삭제했다.

술과 담배를 하는 등 적절하지 않은 행동을 했으면 탈락이다. 그리고 일진 놀이, 또는 누군가를 왕따시키는 등 못된 행위를 했으면 그 역시 탈락이다.

지나치게 까칠하거나 싸가지가 없어도 탈락이고, 모난 성품을 가졌어도 탈락이었다.

이렇게 하니 금방 200명 이하로 줄어들었다.

이들 중에서 추리고 추려서 캐스팅한 게 바로 다이안 멤버들이다.

계약할 땐 적절한 계약금을 주었고, 부모로부터 어떠한 항목으로도 금품을 요구하는 행위를 하지 않았다.

학기 중엔 수업이 모두 끝난 후에 춤과 노래를 배우도록 했다. 성공하지 못하면 인생 전체가 망가질 수 있으니 학업 성적이 유지되도록 학원에도 보냈다.

시험이 다가오면 공부에 열중할 수 있도록 연습시간을 없애기도 했다. 그러다 방학을 하면 그때서야 숙소로 불러들여 강도 높은 훈련을 시켰다.

그렇게 꼬박 2년을 보냈을 때 조 지사장은 데뷔를 확정지었다. 성공할 확률은 30% 정도라고 봤다. 데뷔곡이 좋았고, 멤버들 단합도 좋았으며, 충분히 연습된 상태였다.

그 결과 성공적인 데뷔를 했고, 활발한 활동을 하여 세인들의 입에 오르내리는 인기를 누렸다.

비록 한때지만 '군통령'이라는 칭호로 불리기도 했다.

어쨌거나 조연 지사장은 진심으로 멤버들을 아꼈다.

사랑하는 조카 정도로 여기고 있다. 그런데 어찌 한 남자에게 몽땅 안겨주는 걸 생각하겠는가!

아무튼 연진은 멤버 모두가 현수에게 시집가는 이야길 했다. 대답은 해주고 넘어가야 한다.

"흐음! 그건 나중에 생각해 보자. 우리가 결정한다고 해서 사장님이 무조건 받아들이는 것도 아니니까. 안 그래?"

"네, 맞아요."

서연의 대꾸에 모두들 고개를 끄덕인다.

이로써 현수 쟁탈전의 막은 내렸다.

아일랜드 데프 잼 레코딩스의 계약 담당 수석매니저 올리버 캔델을 만나기 한 시간 전의 일이다.

*　　　　*　　　　*

"반갑습니다, 여러분!"

"네, 반가워요."

모두의 인사를 받은 올리버는 자신이 누구인지, 어떤 목적으로 이곳에 있는지를 간단히 소개했다. 통역은 조 지사장이 맡았기에 대화하는 데 어려움은 없었다.

"잘 부탁드립니다."

"네, 저희도요."

서연이 멤버를 대표하여 정중히 허리를 숙였다.

올리버도 자리에서 일어나 예를 갖추었다. 이제부터 잘 협력해야 할 상대이니 당연한 일이다.

올리버는 이곳에 오기 전에 다이안의 데뷔 뮤직비디오를 여러 번 보았다. 데뷔 때의 모습은 다소 풋풋했다.

그로부터 몇 년이 지난 상태이니 어떨까 싶었다.

높은 인기를 누리다가 바닥으로 떨어진 사람들의 모습은 대개 추천할 만하지 못했다.

하지만 대면하는 순간 합격 판정을 내렸다.

'사랑에 빠지면 예뻐진다'는 속설이 있다.

처음 이성에게 호감을 느끼면 대뇌에서 신경 전달 물질인 도파민과 페닐에틸아민(PEA)이 생성된다.

도파민은 행복감을 느끼게 하고, 페닐에틸아민은 흥분된 마음과 분위기 있는 감정을 만든다.

뇌하수체에서는 옥시토신과 엔도르핀도 분비된다.

옥시토신은 모성 행동을 유도하는 호르몬이고, 엔도르핀은 '몸 안에서 분비되는 모르핀'이라는 뜻이다.

그래서 사랑에 빠지면 어떠한 고통도 감수하게 된다.

교감 신경계마저 활동을 개시하게 되면 얼굴이 상기되고 손에서 땀이 나며 가슴 두근거리는 증상이 나타난다.

그래서 사랑에 빠지면 얼굴에 화색이 돌고, 피부가 뽀얗게 되어 예뻐 보이는 것이다.

속설이 사실이라는 걸 과학자들이 증명해내었다.

24시간도 지나지 않았지만 멤버 모두 지독한 사랑에 빠졌다. 서로 차지하려 경쟁을 했기 때문에 사랑하는 마음이 가속된 것이다.

윌리엄 셰익스피어의 작품 중 '로미오와 줄리엣'이 있다.

14살짜리 줄리엣과 16살짜리 로미오가 처음 만나서 사랑하고 죽음에 이르기까지 걸린 시간은 겨우 일주일이다.

이쯤 되면 광기(狂氣)에 가까운 사랑이다.

미국 증시에서 흔히 사용되는 말이 있다. '비이성적 과열상태(Irrational Exuberance)'라는 것이다. 로미오와 줄리엣의 사랑과 죽음을 설명해주는 좋은 말이다.

다이안 멤버들 역시 하루 동안 비이성적 과열상태에 빠져 있었다. 그 결과 보통보다 훨씬 많은 암페타민이 분비되었다.

뽀얗고 예뻐 보이는 건 당연한 일이다.

"여러분이 부른 노래를 들어보았습니다."

"……!"

계약을 하기로 약속한 거지 계약서에 사인을 한 것은 아니다. 당연히 계약금도 아직은 그림의 떡이다.

그렇기에 멤버들은 긴장된 표정을 지었다.

"아주 좋더군요. 마음에 들었습니다."

올리버의 말이 떨어지자 모두 안도의 한숨을 쉰다.

'휴우~!'

"계약서를 준비해왔는데 한번 보시지요."

올리버가 내민 계약서를 받은 조연 지사장은 아까 파일로 받은 것과 대조해 보았다.

만남이 있기 한 시간쯤 전에 올리버는 현수에게 계약서 파일을 보냈다. 이를 받아 검토한 것은 도로시이고, 아무런 문제점도 없음을 확인했다.

현수는 조 지사장에게 받은 파일을 전송하면서 계약서에 사인해도 좋다는 메시지를 보냈다.

"흐음! 좋습니다. 계약하죠."

조 지사장은 품속의 만년필을 꺼내 쓱쓱 사인을 했다. 계약 담당 수석 매니저인 올리버의 사인은 이미 되어있었다.

"이로써 동반자가 되었습니다. 계약해주셔서 고맙습니다."

"오히려 저희가 고맙지요."

한물간 걸그룹의 얼굴만 보고 하는 계약이다. 그런데 계약금만 363억 6,000만 원인 초대형 계약이다.

아무 생각 없이 동네 뒷산을 산책하다가 100년 묵은 천종 산삼을 캔 것이나 다름없는 일이다. 조 지사장은 고마운 마음과 진심을 담아 정중히 고개를 숙였다.

"앞으로 잘 부탁드립니다."

"무슨 말씀을…, 오히려 저희가 잘 부탁드립니다. 참, 의논할 게 있습니다."

"아, 그런가요?"

"네. 근데 이제부터는 다이안 멤버들이 굳이 배석해 있지 않아도 됩니다."

"알겠습니다. 멤버들, 혹시 히야신스로 가 있으라고 하면 싫어할 거야?"

"히야신스요? 당연히 아니죠. 저희끼리 알아서 갈게요."

모두들 듣던 중 반가운 소리라는 듯한 반응이다. 현수도 보고, 맛있는 음식도 먹을 수 있을 것이라 생각한 것이다.

"그건 안 되지. 택시 불러줄 테니 그거 타고 가. 내가 왜 이러는지 알지?"

이제부터는 모든 행동을 조심해야 한다. 멤버들만 돌아다니다가 불한당 같은 놈들을 만나 봉변을 당할 수도 있다.

초대형 계약을 따낸 주체나 다름없는데 그런 일이 생기면 큰일이다. 그렇기에 택시를 태워 보내려는 것이다.

"알았습니다, 지사장님."

"그래."

잠시 후 멤버들은 택시를 타고 현수가 일하고 있는 히야신스로 향했다.

"남자끼리 만났으니 간단히 한잔하면서 얘기를 나눕시다."

"좋죠. 제가 모시겠습니다."

조 지사장의 안내를 받아 인근 바(Bar)의 룸으로 들어간 둘은 긴요한 이야기를 나눴다.

그 내용은 다음과 같다.

첫째는 아일랜드 데프 잼 레코딩스 또한 마포구 구수동에 한국지사를 설립하겠다는 것이다.

이를 위해 4층짜리 건물을 봐두었으니 매입에 협조해 달라고 하였다. Y—엔터와 보다 긴밀하고 신속한 관계를 만들기 위함이라 하였다.

둘째는 Y—엔터 녹음실 장비일체를 협찬하고 엔지니어까지 상주시키겠다는 것이다.

이러면 멤버들이 굳이 미국까지 가서 녹음하지 않아도 된다.

셋째는 아일랜드 데프 잼 레코딩스가 한국시장을 개척하는 데 협조해 달라는 것이다.

못 들어줄 이유가 없는지라 흔쾌히 OK 했다.

Chapter 04
—
불법체류자라고?

 같은 시각, 히야신스에 당도한 다이안 멤버들은 어이없는 상황을 보게 되었다.

 멤버들이 도착한 시각은 오후 7시 경이다. 출발하면서 6인실을 예약했기에 저녁 식사를 하는 데 지장이 없었다.

 손님이 부쩍 늘어 어수선하기는 했지만 음식 맛도 괜찮았고 잔잔하게 흐르는 음악도 나쁘지 않았다.

 현수는 멤버들이 편안히 식사할 수 있도록 배려해 주었다. 다이안은 현수의 서빙을 받으며 만족스러운 식사를 했다.

 그렇게 약 30분쯤 지났을 때 일단의 무리가 난입했다.

 법무부 출입국관리사무소 소속 출입국사범 합동단속반 공

무원들이 들이닥친 것이다.

현수는 손님인 줄 알고 좌석을 안내하려 했다. 하지만 홀 중앙에 서서 사장을 불러달라고 했다.

이들의 신분을 알게 된 사장은 보다시피 가장 바쁜 시간이니 한가한 시간에 다시 오거나 기다려 달라고 했다.

하지만 이런 의견은 묵살되었다.

단속공무원은 현수에게 즉시 여권과 신분증을 제출해 줄 것을 요구했다. 이때 사장이 중얼거렸다.

"개놈의 시키들!"

"뭐라고요? 지금 뭐라고 했습니까?"

단속공무원 중 하나가 눈을 부라린다.

"아, 방금 한 말은 댁들에게 한 욕이 아닙니다."

"아니긴요? 내가 똑똑히 들었습니다."

"댁들에게 한 말이 아니라니까요."

"그럼 누구에게 한 겁니까?"

단속공무원은 고압적인 표정을 짓는다.

정당한 공무수행 중인데 욕을 하니 화가 난 모양이다. 하여 중범죄를 저지른 피의자 대하는 듯한 태도이다.

"내가 욕한 건 댁들을 이곳으로 오도록 만든 이 근처의 잡놈들에게 한 겁니다."

"핑계 대는 거 아닙니까? 단속공무원에게 욕을 하는 건 공무집행방해에 해당되며, 모욕죄로 처벌받을 수 있습니다."

"아, 아니라는데 왜 그럽니까?"

사장은 몹시 짜증이 났다.

제일 바쁜 시간에 온 것도 마음에 들지 않았다. 하물며 홀한복판에서 이러니 손님들이 오해할까 싶다.

누가 보면 무슨 큰 죄라도 지은 듯 아주 고압적인 태도를보이는 것이 마음에 들지 않았다.

이곳은 정식으로 사업자등록을 하고 영업하는 영업장이다.

그리고 사장, 주방장, 주방보조 모두 예비역 병장이니 출입국사범 합동단속반 공무원들을 상대할 이유가 없다.

현수는 외국인 신분이지만 여권을 확인하기 전까진 누가뭐래도 영락없는 내국인이다. 생김새도 그러하고 연변이나 북한에서 온 사람들 특유의 억양도 전혀 없다.

인테리어 공사가 끝나갈 즈음 성신여대 앞 유흥가에 소문하나가 돌았다. 거의 망해가는 히야신스에 훈남 직원이 채용되었는데 '외국에서 의사 면허를 딴 인재'라는 것이다.

사장이 의도적으로 흘린 소문이다. 그리고 이를 확인하기위해 제법 많은 사람들이 왔다.

진짜 의사인지는 알 수 없지만 키가 크고 늘씬하며 준수한외모를 가진 청년이 있는 것만은 분명했다.

하여 여성 손님들이 늘어났다. 그리고 샐러드 바로 바꾼 것이 흡족한 듯 자주 들렀다.

음식 맛이 아주 뛰어난 것은 아니지만 다른 곳에 비해 상대적으로 저렴하고 신선했으며 청결하고 친절했다.

그리고 하나뿐인 웨이터는 여심을 제대로 저격했다.

늘 정갈하고 단정한 차림이었고, 아무리 바빠도 미소를 잃지 않았으며, 다소 무례한 손님에게도 예의를 잃지 않았다.

그러던 어느 날 외국인 손님들이 왔다. 프랑스에서 온 관광객인데 다른 집으로 착각해서 들어온 것이다.

처음엔 영어로 이들을 응대했다.

근처 테이블에 있던 손님들은 현수의 발음을 듣고 눈을 크게 뜨지 않을 수 없었다. 눈을 감고 들으면 외국인이라 할 정도였던 것이다.

다들 이 정도 영어 실력을 가졌는데 왜 이런 샐러드 바에서 한낱 웨이터나 하느냐는 표정을 지었다.

그런가 싶더니 불어 특유의 콧소리 섞인 대화가 시작되었다. 이를 들은 손님 중 하나가 눈을 크게 떴다.

그녀는 몇 개월 동안 프랑스에 머물다가 갓 귀국한 성신여대 불문과 조교수였다.

삽시간에 영어와 불어를 모국어 수준으로 구사하는 웨이터가 근무한다는 소문이 번져갔다.

그 결과 손님이 나날이 늘었다. 물론 여성이 대부분이다.

'풍선효과[Balloon effect]'라는 말이 있다.

풍선의 한 곳을 누르면 그곳은 들어가는 반면 다른 곳이 팽창되는 것처럼 문제 하나가 해결되면 또 다른 문제가 생겨나는 현상을 말한다.

현수가 일하고 있는 '히야신스'로 손님이 몰리자 다른 곳의 손님이 줄어들기 시작했다.

이를 시기한 자들이 못 먹는 감 찔러나 본다는 심정으로 불법체류자가 있다고 신고했다.

참고로, 불법체류 외국인은 강제 추방된다. 아울러 5년 이상 입국규제를 당하게 된다.

특히 단순 불법체류가 아닌 위명여권, 위장결혼, 음주운전, 밀입국 등 범법행위를 저지른 불법체류 외국인에게는 10년 이상의 입국규제 처벌이 주어진다.

현수가 불법체류자라면 쫓겨날 것이다. 그러면 히야신스가 예전처럼 쪼그라들 것이라 생각한 모양이다.

어쨌거나 첫 신고가 들어왔을 때 출입국관리사무소에선 출입국사범 합동단속반원들을 보내지 않았다. 다른 과중한 업무가 많아서 현장조사를 지시하지 않은 것이다.

그런데 계속해서 같은 내용의 신고가 들어왔다.

신고자가 여럿에 이르자 사실 확인을 위해 신고자와 접촉했고, 히야신스에서 일하는 현수가 불법체류자로 의심된다는 내용을 듣게 되었다.

한국 내 불법체류자의 수효는 2만 명이 넘는다. 그런데 단속 인원은 불과 80여 명이다.

다른 업무도 많기에 불법체류자가 강력범죄를 저지르지 않는 이상 단속은 빨리 이루어지지 않았다.

그래서 범죄를 저질러 경찰에 연행되면 그때서야 출입국사무소로 인계되는 게 현실이다.

합동단속반은 확실한 증거도 없이 의심된다는 이유만으로 현장조사를 나갈 만큼 한가하지 않다.

그렇기에 그러한 내용을 통보했다.

신고자들은 단순한 신고만으론 단속이 이루어지기 어렵다는 것을 알게 되었다. 하여 슬쩍 없는 이야기를 지어냈다.

현수가 IS에서 파견한 테러범일 확률이 높다고 한 것이다.

조금 전 강주혁 사장이 '개놈의 시키들'이라 욕한 대상이 바로 이들, 인근 음식점 주인들이다.

테러의 위험이 있다는 신고를 받고도 출동하지 않았는데 일이 터지면 처벌받을 수 있었다.

그렇기에 부랴부랴 단속반원들이 출동한 것이다.

"불법체류자를 고용하면 사업주도 처벌받는 거 아시죠?"

"알아요. 3년 이하의 징역, 또는 2,000만 원 이하의 벌금이라는 거. 근데 대체 어떤 개시키들이 신고한 겁니까?"

강 사장이 당당하게 나가자 단속반원들은 현수에게 시선을 돌렸다.

"그건 알려 드릴 수 없습니다. 그리고 여기 직원분들 신분

중을 모두 보여주십시오."

"그거 보여주는 건 어렵지 않아요. 근데 왜 하필이면 제일
바쁜 시간에 온 겁니까?"

"그건…, 송구스럽게 생각합니다. 저희도 업무가 많아
서……. 아무튼 신분증 부탁드립니다."

단속반원들은 자신들에게 쏠린 시선을 느끼고 슬쩍 사과
의 말을 한다. 손님들 중 누군가 게시판에 글이라도 올리면
상당히 귀찮아짐을 알기 때문이다.

"에이씨! 따라오세요."

단속반원들을 안쪽으로 데리고 간 사장은 주방에 대고 소
리쳤다.

"주방장님! 그리고 창연 씨! 신분증 좀 주세요!"

"에이, 바빠 죽겠는데 그건 왜요?"

주방장의 퉁명스러운 대꾸이다. 정말로 하루 중 제일 바쁜
시간이기 때문이다.

"어떤 개잡놈이 우리 가게에 불법체류자가 있다고 신고했대
요. 그러니 주민증 주세요."

"끄응! 어떤 개시키가 그딴 헛소리를 했대요?"

"그건 몰라요. 암튼 주민증 좀 줘봐요."

잠시 후 단속반원은 사장과 주방장, 그리고 주방보조의 주
민번호를 조회했다.

주방 안으로 들어가 인원을 확인하지는 않았다. 훤히 들여

다보였고, 인원이 몇인지 파악을 하고 온 모양이다.

이러는 동안 현수는 숙소로 들어가 여권 등을 꺼냈다.

나머지 단속반원들이 현수를 따라왔다. 누가 신고대상인지 아는 것이며, 혹시라도 도주할까 싶은 모양이다.

현수가 여권을 내밀었다.

진초록 바탕에 'REPUBLIC OF SOUTH AFRICA'라 쓰여있다. 황금빛 관을 쓴 독수리 그림도 있다.

표지를 넘기자 현수의 사진이 붙어 있다. 단속반을 이끌고 온 사내는 슬쩍 곁눈질로 본인 여부를 확인한다.

"흐음! 남아공 국민이시군요."

"그렇습니다."

"2016년 1월 25일에 입국하셨네요."

"그것도 그렇습니다."

"무비자 입국이 아니라면 비자 있죠?"

남아공 국민은 관광 등의 목적으로 비자 없이 한국에 입국할 수 있다. 이때의 체류기간은 30일 이내이다.

그런데 오늘은 2016년 3월 3일다.

국내에 39일째 체류 중이다. 비자가 없다면 불법체류 외국인인 것이 맞다.

"비자, 여기 있습니다."

현수가 내민 건 'C—3—4' 일반상용비자이다.

'C—3—4'는 시장 조사, 업무 연락, 상담, 계약, 수출입 기계

등의 설치 및 검수 등의 목적으로 단기간 국내에 체류하려는 사람에게 발급되는 비자이다.

재외공관에서 발급하는 것으로 체류 기간은 90일 이내이며, 유효기간은 3개월이다.

단속반원은 비자를 조회했다. 당연히 아무런 이상이 없다. 다시 말해 현수는 아무런 하자 없는 신분이다.

"실례했습니다."

"그래요."

현수는 불쾌했지만 내색하지는 않았다. 한창 바쁜 시간이니 얼른 보내고 일을 해야 하기 때문이다.

그런데 갈 생각이 없는 듯 슬쩍 주위를 둘러본다.

"여기서 입국 목적과 다른 일을 하시나 봅니다."

이제 불법 취업인지의 여부를 따져볼 생각인 듯하다.

"제가 한번 경험해 보고 싶어서요."

"웨이터를요?"

단속반장은 말도 안 된다는 표정이다. 많고 많은 경험이 있을 텐데 웨이터 경험이라니 그러는 모양이다.

"네. 그러면 안 됩니까?"

"그건 아니지만… 월급은 얼마나 받으십니까?"

관광 목적으로 입국했는데 취업해서 돈을 벌고 있다면 불법 취업이 분명하기에 슬쩍 넘겨짚는 모양이다.

"무보수라고 하면 안 믿으실 거죠?"

실제론 무보수가 아니다.

2월 29일에 정상 근무를 한 것으로 계산된 급여를 지급 받았다. 예금통장이 없기에 현금으로 받았다.

불과 나흘 전의 일이라 아직 기장(記帳)도 하지 않았고, 세무신고도 당연히 하지 않은 상태이다.

보수를 받고 일하고 있음을 증명할 방법이 없는 것이다.

"무보수로 웨이터 경험 중이시라고요?"

단속반장은 심히 의심된다는 눈초리다.

한국은 돈이 없으면 살 수 없다. 일가친척 하나 없는 외국인이라면 도움의 손길도 기대할 수 없으니 더할 것이다.

그런데 무보수라는 말을 아무렇지도 않게 한다.

"확인해 보시면 알겠지만 체류자격 변경신청서가 접수되어 있을 겁니다."

"체류자격 변경이요?"

"네. 'D—8—가'로 변경해서 조금 오래 있으려구요."

참고로 'D—8—가'는 외국인 투자촉진법에 따른 외국인 투자 기업의 경영, 관리, 또는 생산, 기술 분야에 종사하려는 필수 전문인력에게 발급되는 기업투자 비자이다.

5년 범위에서 체류기간이 연장된다.

"여기서 기업투자 비자를 받는다고요?"

이런 헛간 같은 방에 기거하면서 투자를 한다니 기도 안 찬다는 표정이다.

                    *   *   *

"이건 법인 사업자등록증입니다."

현수는 Y—엔터 한국법인의 사업자등록증 사본을 내밀었다. 대표이사 성명은 'Hiens Kim'으로 명기되어 있다.

이를 확인하는 동안 등기부등본을 꺼냈다.

"이건 내가 산 건물의 등기부 등본입니다."

건물을 샀다고 하니 놀란 표정이다.

"네? 건물요?"

"지하 1층, 지상 5층짜리 건물입니다."

등기부등본을 들춰보니 아주 깨끗하다. 근저당 설정 표시가 되어 있었는데 모두 줄이 그어져 있다.

단 한 푼의 융자도 없이 구매했다는 뜻이다.

주소지는 서울시 마포구 구수동이다.

면적도 상당하다. 강원도 산골짜기에 있어도 이 정도 규모면 결코 싸지 않을 것이다.

수십 억 원이 넘는 건물을 융자 없이 사들일 정도면 재력이 괜찮다는 뜻이다. 무보수 봉사를 시비 걸 상황이 아니다.

이때 현수가 서류를 꺼내 든다.

"이건 건물 사기 전 통장 사본입니다."

씨티은행 통장 사본엔 48억 4,800만 원이 잔액으로 표시되어 있다. 조연 지사장에게 계약금을 지불하기 전에 복사해 둔 것이다.

"끄으응!"

단속반장은 낮은 침음을 냈다.

"뭐 더 보여드려야 할 게 있습니까?"

"진짜 의사십니까?"

오기 전에 신고자들과 접촉했음을 자인하는 말이다.

"이건 의대 졸업증이고, 이건 남아공 의사면허증입니다."

현수가 내민 것을 확인한 단속반장은 정중히 고개 숙였다.

"대단히 실례가 많았습니다."

"네!"

"한국말을 아주 잘하셔서 오해가 있었나 봅니다. 저희가 하인스 킴 사장님을……."

아무래도 의심한 것과 무례한 것에 대한 사과와 변명을 하려는 모양이다.

"괜찮습니다. 근데 지금 엄청 바쁜 시간입니다."

"아, 죄송합니다. 저희는 이만 돌아가겠습니다. 그럼 수고하십시오."

단속반이 썰물처럼 물러갔다. 그러는 동안 사장이 투덜거리는 소리를 몇몇 손님들이 들은 모양이다.

"그러니까 우리 웨이터님 때문에 손님이 많아져서 딴 가게 사장들이 신고를 했다고?"

"그래, 그런가 봐."

"와아! 그 사람들 진짜 어이가 없네. 자기네 장사 안 된다고 감히 우리 웨이터님을 불법체류자로 몰았단 말이지?"

"그런가 봐. 근데 우리 웨이터님이 진짜 불법체류자면 어쩌지? 그럼 추방되잖아."

"그러게. 그럼 안 되는데……."

"끄응! 나는 요즘 웨이터님 보는 낙에 사는데."

"나도. 그래서 하루에 한 끼는 꼭 여기 와서 먹어."

"그럼 돈이 너무 많이 들잖아."

"아냐. 낮에 오면 짜카오무라이스를 먹을 수 있어. 그건 단품으로 파는데 7,000원밖에 안 해."

"어머! 정말? 아직도 그거 팔아? 그거 엄청 맛있는데."

"맞아. 엄청 맛있어. 아, 단속반 저기 나온다."

"우리 웨이터님은? 체포된 거야?"

"아니, 안 나와. 아, 단속반 그냥 간다."

"이건 우리 웨이터님이 불법체류자가 아니라는 뜻이지?"

"그럼 그렇지. 우리 웨이터님이잖아."

"휴우! 정말 다행이다."

"뭐가?"

"넬도 우리 웨이터님을 또 볼 수 있게 된 거잖아,"

거의 모든 테이블에서 오간 대화이다.

짝짝짝, 짝짝짝짝짝짝!

단속반원들이 가는 동안 현수는 여권 등을 갈무리하고 나왔다. 그러자 박수 소리가 요란하다.

"에구!"

현수는 민망해서 고개를 숙였다. 마음 써줘서 고맙다는 뜻도 담겨 있다. 이때 사장이 한마디 한다.

"현수씨, 손님들 불편하셨을 테니 와인 한 잔씩 서비스하는 거 어때? 괜찮지?"

"네, 사장님!"

강 사장은 확실히 장사를 할 줄 아는 사람이다.

오늘 이곳에 온 손님들 대부분이 현수 때문에 왔음을 안다. 동경의 대상인 현수가 테이블마다 돌면서 와인을 한 잔씩 따라주면 얼마나 좋아하겠는가!

방금 전 불쾌했던 상황을 잊을 것이다.

대신 현수에 대한 호감이 더 커져서 충성도 높은 고객으로 업그레이드될 것이다.

그리고 현수가 출입국관리사무소에서 허락한 외국인이며, 신분상 아무런 하자 없음도 널리 알려질 것이다.

분주했던 영업이 끝났다.

다이안 멤버들도 돌아갔다. 이들은 혹시라도 현수가 잡혀

가나 해서 애를 태웠음을 감추지 않았다.

현수는 많은 여인들을 거느리고 살았다. 그렇기에 서연 등의 반응을 보고 왜 그러는지 금방 알아차렸다.

하지만 아는 척하지는 않았다. 휴먼하트만 정상으로 회복되면 이곳에 온 목적은 단숨에 해결이 가능하다.

목표로 한 놈들을 아공간에 담아버리면 끝이다. 놈들의 시신은 식육식물 '디오나이아'의 좋은 양분이 될 것이다.

일이 끝나면 원래의 세상으로 돌아갈 생각이다. 그런데 이곳에 새로운 인연을 만들면 어떻게 하겠는가!

떠나는 본인은 아무렇지도 않을 수 있지만 남겨질 여인은 심한 감정 소모를 하게 될 것이다. 그렇기에 자신과의 인연을 바란다는 걸 알면서도 모르는 척한 것이다.

청소와 정리정돈, 그리고 샤워까지 마친 현수는 잠자리에 누웠다. 그리고 보니 매일 잠을 자는 것도 나쁘지 않았다.

자는 동안 알지 못하던 새로운 지식이 저절로 습득된다.

이곳 사람들이 100년쯤 오로지 공부만 해야 얻을 수 있을 만큼 방대한 지식이다. 물론 아주 쓸모 있는 것이다.

하여 습관을 들이면 어떨까 하는 생각을 하고 있다.

이런 생각을 하고 있을 때 도로시가 툭 튀어나온다. 궁금한 게 있으면 참지 못하기에 한두 번 있는 일이 아니다.

"폐하, 아까 화나지 않으셨어요?"

"아까? 뭐가?"

"그자들이 폐하께 무례하게 굴었잖아요."

현수는 이실리프 제국을 다스린다.

당연히 모두가 예를 올려야 할 지엄한 황제이시다. 권위를 떠나 2,961세나 된 어른이니 예를 갖추는 건 당연한 일이다.

이실리프 제국에선 황제께 무례히 굴거나 모욕적인 언사, 또는 근거 없는 비방을 하면 영구히 추방된다.

아까 온 단속반원들의 태도는 무례히 군 것에 해당된다. 그렇기에 처벌하지 않느냐고 말한 것이다.

"무례했지만 용서했다."

"에에? 그냥요? 아무런 처벌 없이요?"

도로시는 말도 안 된다는 표정이다.

이실리프 제국에선 누구든 잘못을 저지르면 지위 고하를 막론하고 법에 따라 공정히 처벌 받는다.

현수의 20대 후손쯤 되는 녀석들이 망나니짓을 했다.

셋이었는데 당시 유명하던 걸그룹 멤버들을 유인한 뒤 3년 이나 감금 폭행 했고, 성적인 노리개로 삼았다.

건국 이후 황족들이 저지른 크고 작은 범죄 행위 중 가장 악랄한 계획 범죄였다.

현수의 아들과 딸인 현이와 철이, 그리고 아름이를 비롯한 자식들은 다들 마탑주급 대마법사로 생애를 마쳤다.

손자와 손녀 대에도 대마법사들이 있었다. 당연히 마법을 모르는 일반인과는 사뭇 다른 삶을 살았다.

평범한 사람들이 보았을 때 황족은 거의 모두 현자였다.

그렇기에 이실리프 제국을 건국한 초대 황제 김현수의 혈통에 대한 신격화(神格化)가 진행되었다.

세상이 현수 일가를 인정한 것이다.

어쨌거나 제국엔 황족들만 재판하는 최고법원이 있다.

그 어떠한 경우라도 엄정한 판결을 내릴 만큼 강직한 판사들로 구성된 법원이다. 툭하면 집행유예를 선고하는 대한민국의 판사들과는 차원이 다르다.

이들에 의한 판결이 있던 날, 제국의 모든 이목이 집중되었다. 다른 나라들도 이 사건에 깊은 관심을 보였다.

방송국에선 생방송으로 재판정을 중계했다.

이전에 세 황족이 저지른 만행에 대한 철저한 조사가 있었고, 가감 없이 발표된 바 있다.

"본 재판관은 피고들에게 씻을 수 없는 아픔을 준 원고들에 대해 다음과 같은 판결을 내린다."

판사가 준엄한 시선으로 원고들을 내려다보았지만 녀석들은 기껏해야 금고형에 처해지거나 징역형이 선고되더라도 아주 짧은 기간일 것이라 생각했다.

하여 다들 여유 만만했다.

아울러 자신들은 법정에 세운 걸그룹 멤버들을 노려보며

두고 보자는 표정을 지었다.

이때 판사의 판결이 이어졌다.

"원고 김◎△ 사형! 원고 김○◇ 사형! 원고 김□▽ 사형! 형은 판결 일로부터 사흘 이내에 집행하며, 원고들의 사체는 이실리프 제국 의대 해부실습용으로 보내진다!"

— 헉! 정말? 황족인데? 그것도 직계의……!

— 그러게! 정말 의외다, 의외야!

— 와아, 역시 이실리프 제국이야! 멋있어!

— 그러게. 우리 제국엔 정의가 살아 있구나.

— 사형이라니, 과연 이실리프 제국이다.

— 쩌, 쩐다. 공정한 재판이다. 너무나 공정해.

— 봤냐? 까불면 이렇게 된다.

— 정말 사형을 집행할까?

— 해야 하는 것임. 두고 볼 것임.

재판정은 물론이고 지구촌 모든 사람들이 고개를 끄덕였다. 그리고 어느 누구도 공정하지 못하다는 말을 하지 못했다. 피고들의 부모조차 고개를 끄덕였다.

피고들만 망연자실한 표정이다. 도저히 믿을 수 없는 판결이었던 것이다.

"이놈들아, 우린 황족이야! 네까짓 것들이 감히……!"

"그래! 니들이 뭔데 우리를 재판해?"

"이놈들이 황족을 뭐로 알고……!"

세 녀석이 악에 받혀 고래고래 소리를 지르자 재판관이 한쪽 손을 들어 조용히 시켰다.

"피고들, 방금 전 판결에 이의가 있나?"

판사의 말이 떨어지기 무섭게 세 녀석이 지껄인다.

"그래, 니가 뭔데 감히 황족을 재판해?"

"맞아! 우린 그냥 황족도 아니고 시조님의 직계야!"

"우린 언터처블이라고! 무슨 짓을 해도 괜찮은 황족이란 말이야! 개돼지만도 못한 놈들이 감히 누굴 심판해?"

판사는 세 녀석이 지르는 고함을 가만히 듣고만 있었다.

"시조께서 너희를 참으로 부끄럽게 여기시겠구나. 쯧쯧!"

판사가 혀를 차며 자리에서 일어서자 기다렸다는 듯이 정리(廷吏)가 외친다.

"일동 기립!"

"야, 그냥 가면 어떻게 해?"

"니놈이 감히 황족을 능멸해?"

"야, 이 개만도 못한 놈아, 가긴 어딜 가!"

재판이 끝난 직후 언론사에 묘한 기사가 떴다.

과연 시조님의 후손이 맞을까?

다른 황족들과 달라도 너무 달라.

유전자 검사를 심각히 고려해야…….

얼굴 윤곽이 다른 황족과 달라.

학교 다닐 때 성적이 최하위였음.

황실의 다른 황족들은 행실에 품위가 있고 고상했기에 일련의 기사들이 뜬 것이다. 곧 갑론을박이 시작되었다.

그러는 동안 형 집행일이 다가왔고, 셋은 공개처형 되었다. 제국의 사형엔 네 가지 방법이 있다.

교수형, 총살형, 참수형, 주사형이다.

약물을 투입하는 주사형엔 세 가지가 있다.

가장 보편적인 것은 수면유도제 미다졸람과 호흡을 정지시키는 브롬화베쿠로니움, 그리고 심장을 멎게 하는 염화칼륨을 차례로 투여하여 수면상태에서 죽음에 이르게 하는 것이다. 이건 안락사나 다름없다.

두 번째는 약물의 조합을 달리 하여 약 10분 정도 큰 고통을 겪게 하는 것이다. 마지막은 체내의 모든 혈관이 터지면서 30분간 극심한 고통을 느끼다 절명하는 것이다.

악당 셋은 마지막에 해당되는 형벌을 받았다.

하여 30분간 지독한 고통 속에서 몸부림치며 비명을 지르다 죽었고, 이 모습은 영상으로 남겨졌다.

혹시 있을지 모를 다른 황족을 비롯한 고관대작들의 비리나 악행을 일벌백계하려는 의도였다.

나중에 밝혀진 바에 의하면 이들 셋 모두 현수의 혈통을
이은 후손이 아니었다.

　각자의 모친이 누군가와 사통(私通)한 것이다.

　황실에선 이를 수치스럽게 여겨 조용히 모친들을 내쳤고,
모든 황족에 대해 유전자 검사를 실시하였다.

　다행히 셋 이외에 불륜의 결과는 없었다.

Chapter 05
—
깡통계좌 만들기

"뭐라고? 방금 뭐라 했어?"

"통장에 돈이 하나도 없다고요. 왕 짜증이에요."

Young Lee라는 가명으로 바하마에 계좌를 튼 자가 쫙 찢어진 눈을 크게 뜬다.

"아니, 그걸 벌써 다 쓴 거야? 뭔 손이 그렇게 커?"

아내를 바라보는 눈에는 살짝 짜증의 빛이 어린다. 매월 1일이 되면 생활비로 쓰라고 5,000만 원씩 보내준다.

아직 월초이니 4,000만 원 이상 남아 있어야 한다. 그런데 다 썼으니 더 달라는 표정이다.

"내가 무슨……. 그런 거 아니거든요?"

아내의 말꼬리가 살짝 올라간다. 이럴 때 건드리면 사달이 난다. 그래서 그런지 사내의 말꼬리가 흐려진다.

"아니긴… 그런데 왜 돈이 없대?"

사내는 아내를 한심하다는 표정으로 바라본다.

명품백 사달라고 조르는 김치녀를 바라보는 시선이다. 그러거나 말거나 휴대폰에 시선을 준 아내가 입을 연다.

"암튼 돈 쓸 데 있으니 좀 보내줘요."

"얼마나?"

"한 삼천쯤 보내줘요."

"삼천? 알았어."

사내가 곁에 있는 인터폰을 집어 든다.

"강 비서관, 그래, 마누라 계좌로 3천만 보내. 지금 당장. 그래그래. 벌써 다 썼대. 그러게."

일방적으로 지시를 하곤 툭하고 내려놓는다. 기다렸다는 듯 아내의 눈이 살짝 독살스러워진다.

"벌써 다 쓰다니요? 치사하게 줬다가 도로 빼앗아가는 건 또 뭐람? 당신 치사한 건 예전부터 알았지만 정말……."

"… 줬다가 도로 빼앗아가? 누가? 내가?"

"그래요! 당신 계좌로 돈이 도로 빠져나갔는데 그럼 아니란 말이에요? 치사해요, 정말!"

"뭔 소릴 하는 거야? 내가 준 걸 한 번이라도 도로 달란 적 있어? 그리고 내가 생활비로 쓰라고 준 걸 왜 빼가? 그거 말고도 돈 많은데."

"그러니까요. 여기저기 분산시켜 놓은 거 그거 쓰지 왜 하필이면 내게 준 걸 빼가냐구요!"

아내의 음성에 점점 더 독기가 서린다 싶었는지 사내가 입을 다문다. 그러곤 텔레비전 뉴스에 시선을 주었다.

Young Lee라는 닉네임을 쓰는 이자의 젊은 시절은 가진 하나 것 없는 평범한 샐러리맨이었다.

그러다 운 좋게 사주(社主)의 천거로 고위공직자 딸의 과외 선생을 맡게 되었다.

그 권력자 학부모의 비호 덕분에 잘리지 않고 재벌의 계열사 CEO 자리까지 승승장구했다.

대표이사가 된 후 상당한 비자금을 조성했고, 이는 형과 동생, 그리고 처남 등의 이름으로 예치되었다.

회계 장부에 없는 비밀스러운 자금인지라 회사 명의로 하면 안 된다는 핑계를 대고 대놓고 빼돌린 것이다.

그러는 동안 회사는 각종 어려움을 겪었다. 그릇이 못 되는 놈을 높은 자리에 앉혀 놓으니 그렇게 된 것이다.

방만하고, 한심하며, 현명하지 못한 대신 이기적이고, 욕심만 많은 그의 경영능력은 결국 회사를 부도로 몰아갔다.

무리한 확장을 거듭한 끝이다.

결국 창사 이래 처음이자 마지막 부도가 났다. 계열사들의 긴급 수혈이 없었다면 틀림없이 망했을 것이다.

그래놓고도 제 책임이 없다고 주장하다 퇴직했다. 그리곤 웬만하다 싶었는지 정치판을 기웃거렸다.

CEO 재직 당시 조성한 비자금 중 일부를 헐어 공천을 받았고, 국회의원에 당선되기도 했다.

하지만 이내 자진사퇴 하지 않을 수 없었다.

회사에 재직하던 동안 Young Lee는 전과자가 되었다.

건축법, 도시공원법, 도시계획법, 폭력처벌법, 근로기준법 등을 위반했고, 업무방해와 뇌물공여 등이 전과 내용이다.

이런 성정(性情)이 정계에 간다고 달라지겠는가?

Young Lee는 국회의원으로 선출되었지만 '선거법 위반'으로 의원직 상실이 뻔해지자 사퇴한 것이다.

어쨌거나 졸지에 백수가 되었지만 이때 이미 부자였다. 서초동과 양재동 등지에 빌딩을 세 개나 소유하고 있었다.

그럼에도 욕심을 버리지 않았다. 궁리 끝에 택한 것은 남의 눈에서 피눈물 나게 하는 주가 조작이었다.

그러려면 남들이 믿어야 한다. 하여 미국의 명문대를 졸업한 금융전문가를 동업자로 끌어들였다.

이것만으로 부족하여 자신이 투자법인의 주인이라며 광고하고 다녔다. 재벌 계열사 CEO 경력을 이용한 투자자 모집 행위를 한 것이다.

그러는 내내 동업자의 누나와 간통을 저질렀다. '발정난 개 같은 새끼'였던 것이다.

아무튼 분위기가 무르익자 허울뿐인 법인 계좌 38개를 이용하여 107회에 걸친 가장매매와 고가매수 등으로 주가를 의도적으로 상승시켰다.

그 결과 2,000원 하던 주가가 8,000원으로 뛰었고, 이때 모두 매각하여 막대한 시세 차익을 거두었다.

이로 인해 일반 투자자들은 막대한 손실을 입었다.

이 시기에 법인등기부상의 대표이사가 곧바로 사임한 뒤 미국으로 날라 버렸다. 이는 계획된 작전이었다. 떠나기 전에 약속된 돈을 Young Lee에게 송금한 것이다.

당연히 난리가 벌어졌고, 언론에도 보도되었다.

피해액이 수백억에 달하니 당연한 일이다. 현재의 가치로 따지면 수천억 내지 조 단위의 피해이다. 하지만 대표이사이던 자가 미국으로 튀었으니 문제가 해결될 리 없었다.

피해자들이 몰려들어 Young Lee에게 책임 추궁을 하였지만 끝까지 모르는 일이라고 잡아떼었다.

자신이 대표라고 떠벌리고 다니던 영상까지 들이밀며 추궁했지만 그 회사는 자신과 관계없다는 주장만 되풀이했다.

이때 썩어빠진 정치 집단에서 비호의 손길을 내밀었고, 아이러니하게도 이 와중에 정계 주요인사로 성장하였다.

적폐집단이 볼 때는 사소한 흠집보다는 재벌 계열사 CEO 경력이 상당히 괜찮았던 모양이다.

아무튼 언론에서 인터뷰 요청이 빗발칠 때쯤 Young Lee는 고위공직자 후보가 되었다. 이에 당시의 여당은 검찰과 경찰을 동원하여 보호막을 쳐줬다.

그 덕에 상당히 높은 지위를 가진 공직자가 되었다. 이후엔 권력을 이용한 은밀한 독직[12]으로 재산을 모았다.

예를 들어, 현상공모를 해놓고 특정 건축사의 작품이 선정되도록 해주거나, 특정 건설사로 하여금 관급공사를 수주케 해주고 뒷돈을 받는 등의 일을 한 것이다.

이러는 동안 정치권과 보다 긴밀한 관계를 만들어 나갔다.

직위를 이용해 부정하게 모은 돈을 뿌렸고, 그들이 요구하는 각종 특혜를 베풀었으며, 온갖 청탁까지 다 받아주었으니 관계가 좋아지는 것은 당연한 일이다.

임기 말이 되자 Young Lee는 더 높은 자리를 원했고, 썩어빠진 정치세력은 이에 열렬히 호응하였다. 더 많은 돈과 더 큰 특혜가 가능하리라 짐작했을 것이다.

그런데 또 하나의 불미스러운 일이 빚어졌다.

재벌 계열사 CEO이던 시절 불륜관계를 유지하던 여인의 아들이 '친자 확인 소송'을 걸어온 것이다.

이를 치명적인 약점이라 판단한 Young Lee는 합의를 요구하는 한편 자신이 가진 권력과 금력을 총동원했다.

결국 소송은 취하되었지만 그 과정은 매우 찌질했다.

---

12) 독직(瀆職) : 공무원이 그 지위나 직권을 남용하여 뇌물을 받는 따위의 부정한 행위를 저지르는 것

합의금을 한 푼이라도 덜 주려고 사생아가 되어버린 아들과 협상을 벌인 것이다.

그렇게 하여 원하던 자리에 오른 Young Lee는 그간의 경험이 어디 안 가듯 무모한 일을 시도하였다.

모두가 반대하는 일을 저질러 버린 것이다.

그러곤 수입업자, 건설업자, 금융회사 등으로부터 은밀한 커미션을 받아 챙기기 시작했다.

갈수록 액수가 커졌고, 이 돈은 거의 모두 외국의 은행 등지에 가명, 또는 차명으로 예치되었다.

일반인들이 상상하는 단위가 아닌 돈이다.

여기저기 짱박아 놓은 것 중 가장 큰 덩어리가 바하마에 있었는데 도로시가 이를 알아냈다.

그것을 근거로 이체된 모든 계좌를 확인했다.

꼬리에 꼬리를 잡는 지극히 어려운 일이다.

검찰이나 경찰이 나섰다면 5,000명이 10년 동안 뒤져도 다 찾아내지 못했을 만큼 얽히고설킨 것이다.

금융전문가와 온갖 IT 인력이 동원되었어도 전모를 밝히는 건 지난한 일일 정도로 복잡다단했다.

그렇기에 적당히 조사하다 정권의 입맛에 따라 흐지부지되었을 일이기도 하다. 그만큼 교묘하고 치밀했다.

하지만 도로시가 누구인가!

한 시간도 걸리지 않아 극히 일부를 제외한 거의 모든 계좌에 대한 확인이 완료되었다.

계좌 확인은 불과 7분 만에 완료되었다. 그럼에도 한 시간이나 지난 후에야 완료되었음을 보고한 것엔 이유가 있다.

혹시라도 불의의 피해자가 발생할 수 있기에 완벽한 검증 작업을 해야 했기 때문이다.

어쨌거나 확인된 계좌들은 모두 빈털터리가 되었다.

그중 하나가 Young Lee라는 놈의 여편네가 사용하는 생활비 계좌이다. 이것도 본인 이름이 아니라 강 비서관의 처제 이름으로 된 계좌이다.

더 자세히 설명하자면 강현욱 비서관의 아내인 이명희의 동생 이명순의 이름으로 된 계좌이다.

"그래, 확인해 봤나? 뭐, 뭐라고?"

느긋하게 텔레비전에 시선을 주고 있던 Young Lee의 찢어진 눈이 확연히 크게 떠졌다. 몹시 놀란 표정이다.

"뭐라고? 해킹? 누가 빼돌린 건 아니고? 그래그래. 근데 어떤 미친놈이……. 알았어. 빨리 확인해 봐. 그래, 모든 계좌를……. 바하마나 케이먼 제도 쪽에 있는 것들도 확인해."

재정담당 강현욱 비서관의 등에서 진땀이 흐르고 있다.

Young Lee의 재산관리를 맡은 이후 살짝살짝 돈을 빼돌려 왔다. 인절미를 만들다 보면 콩고물이 손에 묻을 수 있다고 생각한 것이다.

예를 들어, 정기예금 은행 이자가 2%라면 이를 1.4~1.5%로 기장하고 0.5~0.6%를 슬쩍했다.

원금은 그대로 있고, 은행마다 이율이 동일하지 않으니 깊게 따지고 들지 않는 한 들키지 않을 것이다.

어쨌거나 강 비서관이 관리하는 은닉재산은 1조 원 정도이다. 이것의 0.5~0.6%라면 50~60억 원이다.

최영수 비서관과 이진철 비서관도 재정담당이다. 이들 둘은 Young Lee의 다른 재산을 관리하는 듯싶다.

셋 모두 대등한 액수를 관리하고 있다면 Young Lee의 재산은 최하 3조 원이 넘는다는 뜻이다.

직장생활은 30년간 했고, 공직은 15년에 불과한데 너무 많은 돈을 가졌다.

실로 대단한 도둑놈이라는 뜻이다.

어쨌거나 강 비서관은 해마다 50~60억 원 이상의 부수입을 올리고 있다.

보는 눈이 있기에 출퇴근 할 때는 국산 중형차를 이용한다. 하지만 근무가 없는 날엔 독일산 최고급 승용차를 타고 다닌다. 이 차엔 우산이 있는데 약 500만 원이나 한다.

최 비서관과 이 비서관도 마찬가지이다.

평상시엔 국산차를 이용하지만 사적으로 골프장이나 여행을 갈 때는 비싼 외제 승용차를 타고 다닌다.

참고로, 최 비서관이 타는 차의 우산은 200만 원 정도이고, 이 비서관의 차는 재떨이 가격만 800만 원이다.

미루어 짐작컨대 둘 다 자신처럼 날강도 같은 놈의 돈을 야금야금 훔치는 도둑질을 하고 있는 모양이다.

제 욕심만 차릴 뿐 부하들의 곤란을 헤아리지 않는 놈의 재산이니 알아서 제 몫을 챙기는 것이다.

아무튼 강 비서관은 매일매일 자신의 재산을 점검하며 나날이 늘어가는 잔고를 보고 즐겼다.

비록 지금은 누군가에게 허리를 굽실거리며 온갖 수발을 다 들어주는 하인 같은 입장이기는 하다.

하지만 시간이 조금만 더 흐르면 주인 노릇 하던 놈은 뒈질 것이다. 인간이 세월을 어찌 이기겠는가.

어쩌면 다음 정권 때 놈이 감옥으로 가는 일이 발생될 수도 있다. 현직에 있는 동안 수많은 비리와 부정을 저질렀고, 사람들이 이를 잊지 않고 있기 때문이다.

그럼에도 처벌하라는 소리가 아직은 작다. 자리에서 물러서면서 영악한 짓을 해놓은 결과이다.

Young Lee는 약아빠진 놈이기에 자신이 한 짓이 지탄받게 될 것을 알고 있었다. 자칫 감옥에 갈 수 있음도 알기에 임기 말이 되자 은밀히 후임자 선정작업에 착수했다.

*   *   *

후임자는 가장 멍청한 놈으로 골랐다.

예상대로 후임자는 온갖 패악과 더불어 병신 짓을 자행하고 있다. 조만간 자리에서 쫓겨날 듯싶을 정도이다.

불리하거나 곤궁스러울 때마다 '난 몰라'를 남발하여 사람들 속을 터지게 하는 중이다.

그 덕에 사람들의 관심이 Young Lee로부터 빗겨나 있다. 당분간은 안전하다는 뜻이다.

그러는 동안 만반의 채비를 갖추고 있는데 준비되면 건강상의 이유를 들어 외국으로 튈 생각이다.

물론 이런 준비는 본인이 하는 게 아니라 수족같이 부리는 비서관들이 한다. 이 과정에서 강 비서관처럼 쏙쏙 빼먹는 놈들이 있을 것이다.

어쨌거나 강 비서관은 자신도 제왕처럼 살 수 있는 시간이 올 것이란 기대를 하며 웃곤 했다.

방금 전 Young Lee의 지시를 받아 사모의 통장을 확인해 봤다. 말한 대로 사모의 계좌에 있던 돈 전부가 Young Lee의 계좌로 이체되었다.

이 대목에서 강 비서관은 고개를 갸웃거렸다. 이 계좌는 전적으로 자신이 담당하는데 기억에 없기 때문이다.

날짜를 확인해 보니 친구들과 기분 내던 날이다. 강남 모처에 자리 잡은 룸살롱에서 그야말로 질펀하게 한잔했다.

그때 곁에서 시중들던 주현이라는 아이가 마음에 들어 모처럼 아랫도리 목욕을 시켰다.

다음 날, 밤새 지극정성을 보인 주현을 데리고 백화점으로 갔다. 뭔가를 사주고 싶어서이다.

샤넬 매장에서 걸음을 멈춘 주현은 검은색 백을 보고 있었다. 눈에서는 하트가 마구 뿜어져 나왔다.

지난밤과 아침의 서비스가 마음에 들었기에 기꺼이 지갑을 열어 수표를 건넸다. 570만 원이나 했지만 아깝지 않았고, 그 정도는 푼돈이라 부담도 안 되었다.

며칠 후, 주현과 더불어 또 한 번 뜨거운 밤을 보냈다.

다음 날, 본인 소유 아파트의 전세 날짜를 확인했다. 아예 들여앉히려는 의도였다.

이 모든 일은 다이어리에 기록되어 있었다. 물론 적나라한 표현은 아니고 본인만 아는 음어나 약자로 되어 있다.

다음이 그 내용 중 일부이다.

2016 2 24. MK, IH, BS(D RRA RS 20~23.5) JH an (♡2)
2016 2 25. JH, G D.S. Cha 570
2016 2 28. JH, IC H. (♡3)
2016 2 29. SJ APT B12 rent 16.05.31 (Bo 6.2)

이를 풀어보면 다음과 같다.

◎ 2016년 2월 24일: 민기, 인호, 병수와 더불어 대치동 로레알 룸살롱 20시부터 23시 30분까지 머묾. 주현과 All night 하였고, 2번 거시기 함.

◎ 2016년 2월 25일: 주현과 갤러리아백화점에 감. 샤넬 백 570만 원 사줌.

◎ 2016일 2월 28일: 주현과 인터콘티넨탈호텔에서 숙박. 3번 거시기 함.

◎ 2016년 02월 29일: 여의도 수정APT B동 12층 전세 만기. 2016년 5월 31일 보증금 6억 2천만 원.

'흐음, 이상하네?'

강 비서관은 고개를 갸웃거렸다. 사모의 계좌에서 Young Lee의 계좌로 이체된 날은 2월 24일이다.

이날은 하루 종일 골프장에 머물렀다. 짝수 달 24일엔 보스가 예전의 휘하들과 라운딩을 하기 때문이다.

그렇다면 그날은 오후 4시에 퇴근했다. 라운딩 후 회식엔 수행비서관들만 따라가기 때문이다.

기억을 더듬어보니 클럽하우스 사우나에서 마사지를 받고 친구들을 만나러 대치동 룸살롱으로 갔다.

그날은 확실히 인터넷뱅킹을 하지 않았다. 아가씨와 2차까지 나갔으니 그럴 상황이 아니다.

그리고 어느 날 얼마가 어느 계좌로 얼마가 들어왔으며 어디로 얼마를 보내는지를 상세히 기록하기에 확실히 인터넷뱅킹을 하지 않았을 것이다.

이것 역시 본인만 아는 음어나 약자로 표시해 두었다.

예를 들어 다음과 같다.

16.2.25 YL S.U.(03) → SH A.C.(02) 0.72M(NY A rent)

이것은 다음과 같은 내용을 의미한다.

2016년 2월 25일: Young Lee의 스위스 UBS은행 03번 계좌부터 아들 시훈 군의 미국의 시티은행 02번 계좌로 72만 달러 송금(뉴욕 아파트 임대료).

약자로 점철된 강 비서관의 다이어리는 혹시라도 보스가 검찰에 소환되었을 때를 대비한 것이다. 하여 웬만해선 무슨 내용인지 알 수 없도록 해놓은 것이다.

어쨌거나 비망록과 다이어리를 아무리 살펴봐도 2월 24일엔 송금하거나 입금 받은 것이 없다.

이상하다 생각하여 보스의 계좌를 열어본 순간 강 비서관의 등에 한줄기 식은땀이 흘렀다.

주거래 은행의 계좌 잔액이 '0'으로 표시되어 있는 것이다.

혹시나 하는 마음에 다른 계좌들도 확인해 보았다.

우리은행 등 8개 은행계좌 모두 잔액이 0원이다.

출금 내역은 12~138만 원 사이의 금액으로 잘게 쪼개져 송금되었는데 모두 같은 날 빚어진 일이다.

보낸 곳을 확인해 보니 최소 한 번 이상 계좌이체를 했던 곳들이다. 생판 모르는 계좌는 하나도 없다.

'이건 뭐지? 정부에서 그런 건가? 아냐. 대부분 차명계좌이니 그럴 순 없지. 그럼 뭘까? 누가 이랬지?'

강 비서관은 멍한 시선으로 화면을 응시하고 있었다. 머릿속으론 온갖 상념이 스치는 중이다.

그러다 문득 자신의 계좌가 떠올랐다. 서둘러 거래은행 홈페이지로 들어간 뒤 공인인증서 암호를 입력해 보았다.

'헉! 이런 쓰벌! 대체 누구야?'

강 비서관의 계좌 잔액 역시 0원이다. 아내와 아이들 계좌 등으로 송금된 상태이다.

서둘러 아내에게 전화를 걸었다.

"당신이에요?"

"그래, 난데, 당신 국민은행 계좌 잔액 좀 확인해 줄래?"

"국민은행요? 왜요?"

낮잠 자다 일어났는지 약간 잠긴 음성이다.

"어제 내 계좌에서 당신 계좌로 26만 2천 원이 송금되었는데 그 돈 어떻게 되었느냐고 묻는 거야."

"액수도 얼마 안 되는데 그걸 꼭 확인해야 해요?"

얼마 되지도 않는 금액 가지고 꿀 같은 잠을 깨웠다 생각했는지 짜증 섞인 음성이다.

"당장 확인해서 알려줘. 급한 거야."

남편의 음성에서 은은한 노기를 느낀 아내는 이내 꽁지를 내린다.

"알았어요. 그것만 확인해 주면 돼요?"

"바로 확인해서 알려줘."

"알았어요. 근데 지금은 좀 그래요. 화장실 다녀와서 문자로 알려줄게요."

"그래, 알았어. 확인되면 문자 줘."

강 비서관은 속으로 욕지기가 치밀었지만 내뱉지는 않았다. 게으른데다 사치스럽고, 수다스러우며, 도도하기만 한 여편네를 조만간 버릴 생각이기 때문이다.

늙은 마누라보다는 싱싱한 주현이 백번 낫다는 생각을 했다. 5분이 지나도록 문자가 오지 않자 결국 한마디 한다.

"이 빌어먹을 여편네를… 어휴!"

이 순간 휴대폰에서 소리가 난다.

까똑.

[26만 2,000원 입금 확인됨.]

"뭐야? 이것만 보내면 어쩌라는 거야?"

마누라는 사태의 심각성을 전혀 못 느낀다. 급작스레 짜증이 나서 단축 번호를 누르려는데 다시 소리가 난다.

까똑.

[그런데 13만 원은 미선이 계좌로, 13만 2,000원은 용식이 계좌로 송금되었음. 내가 보낸 것 아님. 확실함.]

미선과 용식은 강 비서관의 대학 다니는 딸과 아들이다.

"뭐지?"

뭔가 혼선을 느낀 강 비서관이 마누라에게 전화를 걸려는 순간 다시 문자가 왔다.

[아이들에게 확인 후 문자 보내라고 했음.]

강 비서관이 고개를 갸웃거릴 때 연달아 두 개의 문자가 들어왔다.

[아빠, 13만 원 입금되었었는데 내 친구 진숙이 계좌로 보내진 걸로 나와요. 난 그런 적 없는데 왜 이런 거죠?]

[아버지, 입금되었던 13만 2,000원은 우리 학교 학생회 계좌로 송금되어 있어요. 저는 보낸 적 없습니다.]

두 개의 문자를 확인한 강 비서관은 낮은 침음을 냈다.

"끄응."

이건 틀림없이 기관에서 벌인 짓이다. 권력이 개입되었거나 방관하지 않는 한 이런 조치를 취할 수 없다.

누가 뭐라고 해도 대한민국은 IT 최첨단 국가이다. 그래서 은행의 전산망은 해킹의 위험에 잘 대비되어 있다.

돈을 보내려면 먼저 양쪽 계좌번호를 모두 알아야 한다. 다음은 보내는 쪽의 공인인증서 비밀번호 입력이다.

이것으로 끝이 아니다.

1, 2분마다 바뀌는 OTP[13] 의 여섯자리 숫자도 입력해야 한다. OTP를 사용하지 않는 계좌의 경우는 이체 승인에 필요한 자물쇠 카드의 숫자를 차례대로 입력해야 한다.

어쩌다 하나라면 이해가 간다.

동시다발적으로 보스의 모든 차명계좌들과 자신의 계좌들까지 몽땅 털렸다.

웬만한 해킹 실력으론 어림도 없는 일이다.

잠시 상념에 잠겨 있던 강 비서관은 서랍 속 대포폰을 꺼내 최 비서관과 이 비서관에게 텔레그램 메시지를 보냈다.

혹시 있을지 모를 정부 검열 등을 고려하여 국산 메신저

---

13) OTP(One Time Password) : 일회용 암호라는 뜻으로, 인터넷뱅킹을 하는 시점에 무작위로 생성되는 일회용 인증번호를 통해 사용자를 인증하는 방식의 단말기

대신 러시아 메신저를 사용하는 것이다.

[Code Blue! Code Blue!
광범위 해킹 발생. 전 계좌 잔액 확인 바람.]

병원 등에서는 여러 종류의 코드를 사용한다.
'코드 블루, 코드 블루 1103호실'이라고 하면 이곳에
CPR(심폐소생술)이나 그에 준하는 빠른 응급처치가 필요
한 응급 환자가 있다는 뜻이다. 다음은 응급 코드 종류이
다.

Code Red : 화재가 발생되었을 때
Code Orange : 재해, 또는 대량 사상자 발생 시
Code Green : 긴급 대피를 요할 때
Code Black : 폭탄 위협이 있을 시
Code Brown : 위험 물질이 다량 유출되었을 때
Code Pink : 소아 응급 및 산부인과 비상시

강 비서관은 문자를 보내놓고 이빨로 손톱을 물어뜯었다.
몹시 불안하고 초초할 때의 습관이다.
보스가 국회의원과 선출직 공무원에 출마했을 때 생긴 습
관이다. 혹시라도 낙선하면 졸지에 백수가 되기에 어떻게 하

나 하는 조바심이 만들어낸 악습인 것이다.

당선되면 좋지만 낙선이면 끈 떨어진 연처럼 하루아침에 별 볼 일 없는 신세가 된다. 그렇기에 개표 방송을 보며 손톱을 물어뜯었는데 습관이 되어버렸다.

그렇게 초조한 가운데 10분이 흘렀다.

[헉! 이게 뭐지?
아는 거 있음 회신 바람.]

최 비서관이 보낸 메시지이다. 어떤 상황인지 단숨에 알 수 있을 내용이다.

[몽땅 털렸음! 어떤 미친놈이 감히……!
잡히면 무조건 죽음!!]

강 비서관은 조용히 인터폰을 들었다.

찌이잉~!

"오야, 그래. 알아봤나?"

보스의 음성은 태평스러웠다. 수화기로 들리는 소음으로 미루어 짐작컨대 텔레비전 쇼 프로를 보고 있는 듯하다.

"제가 직접 보고드려도 되겠습니까?"

"직접? 그래, 알았다. 올라와라."

강 비서관은 자리에서 일어서며 컴퓨터의 전원을 껐다.

그러곤 휴대폰과 대포폰까지 모두 챙겼다. 오랜 습관 중 하나로 보안 철저가 모토이니 당연한 일이다.

Chapter 06

—

누가 이런 거야?

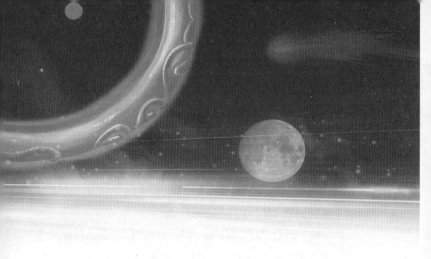

"뭐? 뭐라고? 방금 뭐라 했어?"

"제가 관리하던 계좌의 돈 전부가 사라졌습니다. 아무래도 정부에서 손을 쓴 거 같습니다. 그렇지 않고는……."

"그건 말도 안 된다. 계좌번호야 어떻게 알아낼 수 있다 해도 비밀번호가 다른데 어떻게……? 아, 잠깐만."

찌이잉~!

"뭐? 거도 그래? 알았다. 지금 즉시 둘 다 올라오도록."

툭―!

할 말만 하고 바로 끊어버린다.

젊은 시절부터 싸가지가 없었는데 늙어서도 변함이 없으니 나쁜 쪽이지만 초지일관하기는 하다.

　잠시 어색한 침묵이 흘렀지만 불과 5분이다.

　최 비서관과 이 비서관이 하얗게 질린 얼굴로 헐떡이며 들어선다.

　"방금 강 비서관으로부터 보고를 들었다. 니들이 관리하는 것도 전부 그런가?"

　Young Lee는 애써 태연한 척한다. 어찌 되었든 이들의 윗사람이니 흐트러진 모습을 보이지 않으려는 것이다.

　"케, 케이먼 제도 쪽은 아직 확인 못 했습니다만 국내 계좌는 다 털린 것 같습니다."

　"니는? 스위스랑 바하마 계좌는 괜찮제?"

　"그게… 일부 계좌만 확인되었는데 다 털린 상태입니다."

　"누꼬? 누가 감히 내 걸……. 확인해라! 어떤 놈이 그따위 수작을 부렸는지 당장 찾아내란 말이다!"

　"네!"

　강 비서관과 최 비서관, 그리고 이 비서관은 자세까지 바로하며 대답한다. 엄청난 비상사태라는 걸 직감한 것이다.

　"뭐 하노? 당장 내려가서 찾아내지 않고? 사람 다 풀고 돈은 얼마든지……. 아, 돈이 없다 캤나?"

　"네, 차명 계좌까지 몽땅 털린 상태입니다."

　"흐음! 알았다. 일단 이걸로 해결해봐라."

　Young Lee가 서랍 속의 열쇠 하나를 꺼내 건넨다.

교토삼굴(狡?三窟)이라는 말이 있다.

'교활한 토끼는 굴을 세 개 파 놓는다'는 뜻으로, 사람이 교묘하게 잘 숨어 재난을 피함을 비유하여 이르는 말이다.

Young Lee는 모든 재산을 은행 등에만 넣어둔 것이 아니다. 주식과 부동산으로 보유하고 있는 것도 있고, 저택 지하실에는 유사시를 대비한 금고에도 있다.

안에는 여권과 더불어 적지 않은 액수의 원화와 엔화, 그리고 달러화와 유로화가 현금으로 보관되어 있다.

급하게 해외 도피를 해야 할 경우를 대비한 것이다.

Young Lee는 고위 관직에 머무는 동안 이것들을 마련해 놓고 상당히 뿌듯해했다.

그러곤 자신의 해외계좌 닉네임을 'Young Lee'로 정했다.

'젊게 살겠다'는 뜻도 있지만 스스로를 '영리'하다고 생각해서 지은 것이다. 물론 개똥같은 생각이다.

강 비서관이 열쇠를 받아 들자 쪽지 하나를 준다. 디지털 금고라 비밀번호도 입력해야 하기 때문이다.

"말 안 해도 알제?"

"네, 압니다."

"좋아, 가라."

강 비서관은 이 말을 기다렸다는 듯 후다닥 나갔다. 숨 막힐 것 같은 긴장감 때문이다.

자신의 업무공간으로 이동하면서도 강 비서관은 주위를 둘러보았다. 누군가의 눈초리가 느껴진 듯해서이다.

쉬쉬거리지만 Young Lee는 배반자에게 아주 혹독하다는 걸 모두가 알고 있다.

'젠장! 이제 뒤도 안 돌아보고 튀어야 하나? 근데 돈이 없잖아. 끄응! 제기랄!'

강 비서관은 자칫하면 '자살 당하게' 되었음을 인식했다.

Young Lee의 수족인 '수행비서관'들은 보스의 눈에 거스르는 존재를 세상에서 지울 때 대략 세 가지 방법을 쓴다.

첫째이자 가장 많이 쓰는 수법은 살해 후 시신을 분쇄기에 넣고 갈아버리는 것이다. 다 갈리면 사료와 배합해 돼지나 개 등에게 먹인다.

완전한 증거 인멸이다. 이럴 상황이 아니면 죽인 뒤 인적이 드문 산속에 암매장하는 방법을 쓴다.

Young Lee는 전국적으로 약 80만 평 정도 되는 토지를 소유하고 있다. 이 중엔 높은 담장으로 둘러싸인 임야도 있는데 그 안 어딘가에 깊숙이 묻어버리면 찾을 수 없다.

선거법 위반으로 국회의원 직을 내려놓아야만 했을 때 결정적 제보를 한 인물을 포함한 27명이 위의 두 방법으로 사라졌다. 강 비서관이 아는 숫자만 이러하니 실제론 훨씬 많을 수 있다.

세 번째로 많이 쓰는 건 일정시간이 지나면 체내에서 분해되는 수면제를 술에 타서 먹인 뒤 곯아떨어지면 차 안에 가

뒤놓고 번개탄을 피우는 것이다.

자살할 만한 정황을 만들어놓았으니 대부분 자살로 결론지어졌다. 이게 바로 '자살당하는' 것이다.

생각해 보니 이 방법으로 죽은 이들도 꽤 많았다.

이런저런 생각을 하며 금고를 여는 강 비서관은 가슴 한편이 서늘해지는 느낌이다.

이곳은 자신과 Young Lee 외에는 출입금지인지라 아무도 올 수 없다는 걸 알지만 공포 때문에 둘러보게 된다.

"에이, 아냐. 안 그러실 거야. 이번 건은 내가 잘못한 것도 아니잖아? 이 비서관과 최 비서관도 똑 같잖아."

스스로를 다독이며 금고를 열었다.

5만 원짜리 헌 돈만 10억 원이 있고, 1만 엔짜리 지폐는 정확히 1억 엔이 쌓여 있다. 그리고 100만 달러와 100만 유로를 딱 맞춰서 넣어두었다.

금고 아래쪽 서랍을 열어보니 1kg짜리 골드바가 가지런히 정렬되어 있다. 정확히 100개이다.

모두 본인이 넣은 것이라 확실하게 기억한다.

"다행이야. 이건 괜찮아서."

나직이 중얼거린 강 비서관은 일단 1억 원을 꺼내곤 서둘러 금고를 닫았다.

아랫사람들에게 지급할 활동비는 늘 빠듯해야 한다는 보스의 지론에 따라 최소한의 금액만 꺼낸 것이다.

철커덕—!

띠링, 띠링, 띠리링—!

이 소리는 금고의 비밀번호가 바뀌는 소리이다.

열었다 닫을 때마다 바뀌므로 이제부터는 열쇠가 있어도 열 수 없다.

뚜, 뚜—!

이 소리는 바뀐 비번이 Young Lee의 이메일 계정으로 전송되었음을 알리는 신호음이다.

이 상태가 그대로 유지되면, 다시 말해 어느 누구도 1개월 이내에 금고를 다시 열지 않으면 또 번호가 바뀌게 된다.

물론 그럴 때마다 이메일로 바뀐 번호가 전송된다. 스위스에서 들여온 첨단기술이 적용된 고가의 금고답다.

"흐음, 다 된 거지?"

찌잉—!

책장 서랍의 장식처럼 꾸며진 버튼을 누르자 금고가 아래로 내려간다. 그러곤 바닥이 움직여 위를 완전하게 가린다.

바닥재의 무늬를 이용하여 웬만해선 아래에 금고가 있을 것이라 생각하지 못할 만큼 정교하게 만들어졌다.

들춘 카펫을 덮고 밀쳐둔 소파를 올려놓았다. 앞쪽엔 TV와 스피커 등이 설치되어 있다.

영락없는 영화감상실 같은 모습이다.

강 비서관은 혹시 잊은 건 없나 둘러보곤 금고실 문을 닫

왔다. 곧바로 안에서 잠기는 소리가 들린다.

띠익, 띠익, 띠리릭—!

강 비서관이 계단을 딛고 올라갈 때 금고에서 작은 소음이 났다.

띠링, 띠링, 띠리링—!

금고의 비밀번호가 바뀌는 소리이다. 이제 이메일이 전송되었음을 알리는 신호음이 있어야 한다.

그런데 다른 소리가 난다.

띠릭! 띠리릭! 떵—!

초기화 및 이메일 계정이 변경되었음을 알리는 신호음이다. 도로시의 관할로 바뀌었음을 알리는 소리이다.

이제 금고 안의 내용물을 꺼내려면 바닥 콘크리트를 몽땅 들어내야 한다. 그런데 그 두께가 만만치 않은 데다 기초와 연결되어 있어 자칫 붕괴의 위험까지 감수해야 한다.

Young Lee는 이제 유동자산 거의 전부를 잃었다.

강 비서관은 올라가자마자 비서관 회의를 소집했다.

어떤 간 큰 작자가 감히 보스의 돈을 빼돌렸는지 몰라도 조만간 드러나게 될 것이다.

정부 요직과 정치권엔 아직 보스의 사람들이 많이 남아 있으니 어려운 일은 아닐 것이다.

늦은 시각이지만 그따위는 전혀 고려되지 않았다.

최 비서관과 이 비서관 및 보좌관 모두 비슷한 위기감을 느꼈는지 잔뜩 긴장된 표정으로 향후 대책을 논의했다.

회의가 끝난 후 강 비서관은 누군가에게 전화를 걸었고, 그 즉시 바쁜 움직임이 시작되었다.

*　　　　　*　　　　　*

역삼동 세정빌딩 최상층에 자리한 관리실 안쪽 전무실에서 야릇한 교성이 터져 나오고 있다. 하지만 방음시설이 잘되어 있어 밖에선 들리지 않을 소리이다.

"하악! 하아악—!"

"아아! 아아아아~!"

실면적 36평인 이 공간은 침대와 붙박이장, 그리고 소파와 책상이 배치된 널찍한 침실과 자쿠지가 설치된 욕실, 그리고 간이주방으로 구성되어 있다.

어두운 조명 아래 침대는 연신 들썩이고 있었고, 켜진 TV에선 야한 포르노가 재생되는 중이다. 소파 앞 탁자엔 마시다 만 양주와 안주가 너저분하게 널려 있다.

세정파 실세인 유진기가 룸살롱 락희에 새로 온 새끼마담과 더불어 환락의 시간을 보내는 중이다.

그렇게 약간의 시간이 흘렀고, 들썩이던 침대도 잦아들 즈음 탁자 위의 휴대폰이 몸살을 앓기 시작한다.

부우웅, 부우우웅—! 부우웅, 부우우웅—!

"하아, 하아! 전무님!"

새끼마담 연지가 가쁜 숨을 몰아쉬다 유진기의 어깨를 탁 탁 두드린다.

"왜?"

"전화, 전화가 온 모양이에요."

"전화? 괜찮아! 놔둬!"

유진기의 동체가 다시 일렁이기 시작하자 연지의 입에선 다시 교성이 튀어 나온다.

저녁을 먹고 두 시간도 지나지 않았는데 벌써 세 번째다.

그럼에도 지치지 않는 종마처럼 계속해서 달려든다. 밀쳐 내고 싶지만 그랬다간 무슨 꼴을 당할지 모른다.

성질머리가 아주 더럽기 때문이다. 그렇기에 짐짓 좋아 죽 겠다는 듯 가짜 교성을 낸다.

"하앙! 하아앙—! 아아, 나 죽어요! 아아아!"

부우웅, 부우우웅—! 부우웅, 부우우웅—!

신음과 교성 따윈 상관없다는 듯 휴대폰이 계속해서 빛을 내며 진동한다.

유진기는 이 빛과 소리가 무척이나 거슬렸다.

"에잇! 어떤 놈이……! 쓰벌! 하필이면 지금……!"

짜증난다는 표정으로 일어서는데 가슴과 등, 그리고 허벅 지 등에 제법 큰 상흔이 있다. 세정파가 서초동과 역삼동 일대를 장악하는 동안 만들어진 흉터이다.

연지는 처음 이를 보았을 때는 놀랍고 무섭다는 표정이었다. 그런데 지금은 아니다.

저 상흔이 조금만 더 깊었다면 인간 같지 않은 저 깡패 새끼가 죽었을 것이란 생각을 한다. 그만큼 미운 것이다.

락희로 스카우트되어 온 첫날 소위 신고식이라는 걸 했다.

가게 식구들과 인사하고 웨이터 복장을 한 어깨들과 안면을 트는 일이라 하였기에 곱게 차려입고 조신하게 굴었다.

그런데 그날 하필이면 유진기가 내려와 있었다. 그 결과 곧장 이곳으로 끌려와 강간 비슷한 일을 당했다.

그러곤 수시로 불러들여 제 욕심만 채웠다. 화대는 물론 없었다. 그런데 이 자식은 반쯤 변태이다.

부를 때마다 온갖 수치스럽고 꺼려지는 일을 강요하곤 했다. 요구에 응하지 않으면 폭력이 가해졌다.

반항하고 싶었지만 그랬다간 더한 폭력을 경험할까 싶어 애써 눈물을 삼키곤 놈의 요구를 들어줬다.

그럴 때마다 너무도 치욕스러워 소리 안 나는 총이 있다면 대번에 쏴 죽이고 싶었다.

연지는 소파 탁자로 가는 유진기의 등을 노려보았다.

완전 무방비 상태이며, 벌거벗은 채이다. 침대 곁 협탁엔 과일 깎는 과도가 놓여 있다.

날이 시퍼렇게 서 있으니 저걸로 찌르면 단숨에 깡패 새끼의 목숨을 앗을 수 있을 것이다.

그러면 더 이상의 치욕과 수치는 없다.

연지가 입술을 깨무는 순간 뇌리로 수많은 상념이 명멸했다. 두 눈은 부릅뜨고 입술은 꼭 다물려 있다.

심적 갈등이 너무 큰 것이다.

"하아!"

연지는 긴장된 근육을 이완시키며 나지막한 한숨을 내쉬었다. 그럴 만한 깡다구가 없는 자신이 한심스러워서이다.

이때 유진기의 짜증 섞인 음성이 들린다.

"야, 내가 일과시간 이후론 전화하지 말라고 했지?"

유진기의 퉁명스러운 응대에 저쪽에서 뭐라 떠드는 소리가 들리지만 구체적이진 않다.

"뭐라고? 자, 잠깐만! 다시 말해봐. 뭐? 잠깐…."

*   *   *

유진기가 당황한 듯 말을 더듬더니 꺼둔 컴퓨터를 부팅시키며 양주 한 잔을 따라 마신다.

"크으으!"

포크도 있건만 지저분한 손으로 과일을 집어 먹는다.

우적우적.

'어휴! 저 무식한 깡패 새끼.'

연지는 슬그머니 일어나 욕실로 들어갔다.

보아하니 뭔 일이 일어났다. 흥이 깨졌는데 침대에 계속 있다간 무슨 짜증을 받아내야 할지 모른다.

쫘아아아—!

샤워기에서 쏟아진 물이 유진기가 남긴 흔적을 깨끗이 지워주었다. 연지는 신세가 처량하여 눈물을 흘리며 씻었다.

알바를 아무리 해도 등록금을 모을 수 없었지만 그래도 화류계엔 발을 들여놓는 게 아니었다.

대학은 다닐 수 있게 되었지만 지워지지 않는 낙인이 찍힌 듯한 정신적 고통에 시달리고 있었다.

이 방에 올 때마다 느껴지는 치욕감과 처량함 등이 어우러져 눈물샘을 터뜨린 듯 한참을 흐느꼈다.

그렇게 간신히 샤워를 마치고 나오자 유진기는 모니터에 시선을 둔 채 부지런히 키보드를 두드리며 마우스를 조작하고 있었다. 그러면서 중얼거린다.

"뭐야? 이게 왜 이래? 뭐지? 뭐지? 이런 쓰벌! 왜……?"

유진기는 계속해서 은행 잔고를 확인했고, 화면이 바뀔 때마다 욕설을 내뱉는다. 황급히 이체된 내용을 살펴보았는데 모두 거래처 계좌로 송금되어 있다.

거래처 중 주류도매상이 있다.

'두원주류'라는 곳인데 이 계좌로 323만 6,400원씩 열한 번이나 연속해서 송금되어 있다.

또 다른 거래처인 '풍남청과'로는 235만 8,100원씩 열두 번
이 송금되어 있다.

'청량건어물'로는 317만 2,316원씩 열 번 송금되어 있다.

그리고 남은 잔액은 거우 18원이다.

"십팔 원? 대체 어떤 쏩새가…? 뭐야? 이게 왜 이래? 왜 이
러지? 내가 쓴 건가? 아닌데. 그럴 리가 없는데. 가만…."

유진기는 책상 옆 그림을 떼어내고 금고를 열었다. 그러곤
손때 묻은 수첩들을 꺼내 들었다.

아버지와 본인, 그리고 룸살롱 '락희'의 계좌는 모두 깡통이
된 상태였다. 혹시나 해서 부하들 가족 명의로 된 차명 계좌
를 확인하려는 것이다.

딸깍, 타타타탁! 딸깍! 딸깍—!

은행 홈피에 접속하여 공인인증서 비번을 입력하고 확인을
클릭하니 화면이 바뀐다.

"휴우~! 다행이다."

유진기는 나직한 한숨을 쉬곤 털썩 등을 기댔다. 방금 확
인된 계좌엔 정기예금으로 5억 원이 예치되어 있었다.

"다른 계좌들도 괜찮겠지."

유진기는 차례로 20여 계좌를 확인했다.

각각 5~10억 원 정도가 예치되어 있다. 혹시나 하는 마음
에 잠시 긴장했지만 다행히도 모두 안전했다.

"휴우~!"

긴장된 마음으로 계좌들을 일일이 확인한 유진기는 다이어리에 기록된 내용과 다름없음에 안도의 한숨을 내쉬었다.

"연지야! 연지야!"

불렀으면 대답을 해야 하는데 아무런 기척도 없다.

"얘가 뻗어서 자나?"

뒤를 돌아보니 침대 위가 휑하다. 이때 출입구 쪽에서 작은 소리가 들린다.

딸각―! 철커덕!

출입구가 자동으로 닫히는 소리다.

고개를 돌려보니 출입구 쪽 센서 등이 켜져 있다. 뭔가 움직이는 물체가 있었다는 뜻이다.

"쓰벌! 가버렸군. 재수 없는 년. 모처럼 몸 좀 풀려 했는데. 쩝! 할 수 없지."

유진기는 담뱃불을 붙이며 양주를 따랐다. 같은 순간 웹상에선 수많은 연산이 이루어지고 있었다.

조금 전 유진기가 확인한 계좌와 관련된 일이다.

모두 정기예금이었는데 이것들은 은행 영업 개시와 동시에 해지되고 수많은 계좌로 분산송금 되도록 하는 연산이 이루어지고 있는 것이다.

"휴우~!"

길게 담배 연기를 내뿜으며 술잔을 기울이던 유진기는 금방 잠이 들었다.

늦은 오후에 헬스클럽에서 땀을 너무 많이 뺐 때문이다.

오전 9시 정각이 되자 도로시가 준비한 모든 일이 순식간에 이루어졌다.

이때 세정캐피털의 모든 계좌도 탈탈 털렸다.

모든 대출 계좌는 이자 및 원금 상환이 이루어졌다. 대출해 준 돈이 없으니 이제부터는 수입이 없는 것이다.

물론 전산상의 기록이다.

그러는 동안 세정캐피털 직원들은 조회를 하고 있었다.

이자 납입이 연체된 고객들로부터 수단과 방법을 가리지 말고 돈을 받아내라는 내용이다. 아울러 신규대출을 조금 더 적극적으로 끌어들이라는 지시였다.

그러는 동안 세정캐피털이 보유하고 있던 자산은 전부 분산송금 되었다. 불과 10분 사이에 탈탈 털린 것이다.

세정캐피털은 돈 장사를 하는 곳이다. 그런데 받을 돈도 꿔줄 돈도 없다.

직원들 급여 및 퇴직금, 건강보험료, 국민연금, 그리고 사무실 임대료 등도 지급 불능이다.

가장 큰 것은 고객들이 예치한 예금이다.

임대보증금과 보유 부동산 매각대금을 모두 합쳐도 감당할 수 없을 정도로 많다. 그런데 떼어먹을 수가 없다.

여당 사무총장 박인재와 국회의원 홍신표 등 권력의 중심에 있는 자들이 예탁한 것이기 때문이다.

아무튼 서민들의 고혈을 쥐어짜던 악덕 고리대금업자와 폭력으로 한 재산 모은 깡패 집단이 금전적 처벌을 받았다.

비슷한 일은 다른 곳에서도 이루어지고 있었다.

박인재와 홍신표 등 부패한 정치인 및 그 가족들의 계좌들 또한 탈탈 털리고 있었던 것이다.

뒤늦게 사태를 파악하고 펄펄 뛰겠지만 완전무결한 전산 기록이 있으므로 어느 누구도 원금을 되찾는 일은 없다.

도로시의 일 처리는 결코 허술하지 않기 때문이다.

*　　　　　*　　　　　*

"폐하, 일어나실 시간이에요."

♬~ ♪~ ♪♬♪~ ♪♬♪~

"폐하, 일어나셔야 해요."
"끄으응! 알았어."

현수가 기지개를 켜는 동안 도로시는 식재료상에 문자를 넣었다. 오늘 사용할 분량을 주문한 것이다.

현수가 샤워를 하고 나와 머리를 말리는 동안 도로시는 부여받은 임무를 부지런히 수행했다.

"폐하, 혈압은 117에 78이고요, 심박 수는 분당 62회예요.

공복 혈당치는 86mg/dl이니까 모두 정상이에요."

"그래? 콜레스테롤은?"

"그것도 완전 정상입니다. 오늘도 이상적인 수치네요."

마법과 내공을 쓸 수 없는 상황인지라 혹여나 했지만 현수의 신체는 여전히 완전무결한 상태이다.

아무리 기름진 식사를 해도 혈중 콜레스테롤 수치에 이상이 발생하지 않고, 비만도 발생하지 않는다.

대사증후군[14] 따위는 신경 쓰지 않아도 되는 것이다.

알코올 섭취 또한 아무리 많이 해도 간 기능 이상이 발생되지 않을 것이다. 해독능력이 탁월한 결과이다.

그럼에도 매일 아침 눈을 뜰 때마다 신체 상태를 보고받는다. 확인하는 것과 짐작하는 것은 다르기 때문이다.

"참, 부정한 돈 처리한다는 건 어떻게 되었어?"

드라이기로 젖은 머리카락을 말리며 무심히 물은 말이다.

"그건 현재 진행 중에 있어요."

"그래? 조금 늦네. 파악은 다 끝난 거지?"

도로시가 현존 최고 성능 슈퍼컴퓨터보다 월등한 능력을 가졌기에 한 말이다.

참고로, 슈퍼컴퓨터 1위는 지나의 '선웨이 타이후라이트'이

---

14) 대사증후군(metabolic syndrome) : 고혈당, 고혈압, 고지혈증, 비만, 죽상경화증 등의 여러 질환이 한 개인에게서 한꺼번에 나타나는 상태

다. 93페타플롭스[15] 라는 성능을 가졌다.

2위는 지나의 '티안헤—2'로 33.86페타플롭스이다.

3위가 미국 에너지부 소속 오크릿지 국립연구소의 '타이탄'이다. 17.59페타플로스를 기록했다.

도로시는 35.17엑사플롭스[16] 라는 경이적인 성능을 가지고 있다. 참고로, 페타(peta)와 엑사(exa)는 각각 (1,000조)와 (100경)을 뜻하는 접두사이다.

세계 3위인 타이탄의 크기는 가로세로가 각각 100m 정도이고 높이는 3m쯤 된다. 반면, 도로시는 손목시계 크기이다.

부피는 타이탄이 47억 6,200만 배나 크다. 반면, 성능은 도로시가 약 2,000배 정도 뛰어나다.

도로시를 같은 부피로 만들었다 생각하고 단순 수치 비교를 한다면 9경 5,240조 배나 더 빠른 셈이다.

이쯤 되면 비교라는 말이 무색하다.

그런데 실제로 그 정도의 크기로 제작된다면 도로시는 제타(zetta)플롭스는 물론이고 요타(yotta)플롭스까지 뛰어넘는 성능을 갖게 된다.

그 결과 현존 최고의 슈퍼컴퓨터가 가진 능력의 1,000배 이상의 연산 처리가 가능할 것이다.

참고로, 숫자의 크기는 일, 만, 억, 조, 경, 해, 자, 양, 구,

---

15) 페타플롭스(PetaFlops):1초당 1,000조 번의 연산 처리
16) 엑사플롭스(ExaFlops):초당 100경 번의 연산을 처리, 페타플롭보다 1,000배 빠르다

간, 정, 재, 극, 항하사, 아승기, 나유타, 불가사의, 무량대수의
순으로 커진다. 각각 씩 늘어난 것이다.

어쨌거나 도로시는 작지만 현존 1위인 '타이후라이트'보다
도 340배나 빠르다.

그러니 지시한 일은 벌써 끝났어야 한다.

"설마 아직 안 끝난 건 아니지?"

"그럼요. 조사야 진즉에 끝났지요."

"근데 왜 이제야 보고하지?"

"혹시라도 애먼 피해자가 있을까 싶어서요."

수없이 많은 확인과 재검토가 이루어진다는 뜻이다. 조심
하겠다는데 말릴 순 없다.

"그렇군. 알았어. 다 되면 다시 보고해."

"네. 조사가 끝나면 처리는 금방 됩니다, 폐하!"

누웠던 자리를 정리한 현수는 어젯밤 미처 치우지 못한 것
들을 청소했다.

"클린 한 방이면 끝인데 이건 뭐……."

걸레질을 하며 투덜거렸지만 도로시의 재잘거림이 없다.

국가가 외환위기에 처했을 때 외국으로 빼돌려진 부정한
자금 등의 회수작업에 열을 올리고 있는 모양이다.

"휘이익! 휘익! 휘이이익! 휘이이이!"

현수는 나지막하게 휘파람을 불며 걸레질을 했다.

'흐음! 이 노래도 꽤 괜찮지. 근데 이건 다이안에게 줄 수 없는 곡이잖아.'

방금 현수가 흥얼거린 멜로디는 1995년에 방영되었던 '모래시계'라는 드라마의 OST로 쓰인 러시아 민요 '백학(Cranes)'처럼 저음이 매력적인 곡이다.

그래서 여성 가수에게는 어울리지 않는다.

이 곡은 24세기 초에 지구촌을 강타했는데 작사, 작곡, 노래 모두 Y.H.K로 발표되었다.

'이실리프의 하인스 킴'을 뜻하는 이니셜이다. 그래서 가끔 흥얼거리는 곡이다.

곡명은 '내 맘 가는 대로'이다.

망설이지 말고 본인이 원하는 삶을 살아가도록 희망을 가지고 도전해 보라는 가사를 담고 있다.

이때의 현수는 거의 모든 악기를 마에스트로 수준으로 섭렵한 때이기에 기타, 드럼, 키보드, 클라리넷, 바이올린을 직접 연주했고 노래도 본인이 직접 불렀다.

화음도 마찬가지이다. 그러곤 얼굴 없는 가수로 데뷔했다.

음원이 발표되자 불과 열흘 만에 거의 모든 차트 1위에 올랐고, 롱런을 했다.

세상은 이 노래를 부른 가수를 찾기 위해 눈에 불을 켰다. 하지만 끝내 원곡자가 누구인지 밝혀지지 않았다.

현수가 나서지 않은 때문이다.

그리고 아무도 원곡자라고 나서지 못했다. 똑같이 부를 수가 없었기 때문이다.

"흐음! 이건 누구에게 주지?"

뉴욕대 수학과 미하일 그로모프 교수의 조카인 윌리엄 그로모프를 떠올렸다. 21세기 초반부터 오랜 사랑을 받은 'In the moonlight'를 불러 유명해진 가수이다.

현수는 이 곡 이외에도 세 곡을 더 주었다. 덕분에 윌리엄은 평생 돈 걱정하지 않는 뮤지션의 삶을 살 수 있었다.

"아냐, 윌리엄은 아니야."

'내 맘 가는 대로'는 윌리엄의 음역대와 맞지 않는다.

하마터면 트윈폴리오의 멤버가 될 뻔한 이익균이나 '아내에게 바치는 노래'를 발표한 故 하수영보다도 낮은 저음을 발성할 수 있어야 하기 때문이다.

Chapter 07

—

징벌의 시작

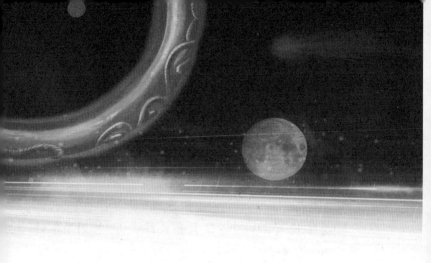

'흐음! 누굴 주지?'

특별히 생각나는 가수가 없다.

"도로시, '내 맘 가는 대로'라는 곡 알지?"

"그럼요. 당연히 알죠. 폐하께서 작사, 작곡 하고 노래까지 직접 부르신 불후의 명곡이잖아요."

"뭐, 불후의 명곡까지는 아니고."

"어머. 아니에요. '내 맘 가는 대로' 오리지널 버전은 '남성이 발표한 불후의 명곡 100선' 중 당당히 1위를 차지하는 곡인걸요."

"그, 그게 그래?"

아침부터 상찬[17]을 받으려고 한 말은 아니었지만 듣고 보니 괜스레 계면쩍어 슬쩍 말끝을 흐린 것이다.

"혹시 모르셨어요?"

"으응? 그, 그래, 그런 줄 몰랐지."

"폐하, 몹시 수상쩍사옵니다."

슬쩍 놀리려는 말투였는지라 얼른 화제를 돌린다.

"수상쩍기는… 그나저나 그 곡을 소화해 낼만한 가수가 있는지 검색해 볼래?"

말하기 무섭게 도로시가 대꾸한다.

"오리지널곡을 완벽하게 소화해 낼 가수는 없어요."

'내 맘 가는 대로'가 발표되자 수많은 사람들이 이를 부르려 애를 썼다. 그런데 모두 실패했다.

극저음을 소화해 낼 수 있어야 하기 때문이다. 참고로 현수는 1옥타브 레b에서 4옥타브 미#까지 가능하다.

고음이야 가성으로 어떻게 한다지만 저음은 가성조차 어렵다. 따라서 도로시의 보고는 잘못된 것이 아니다.

"끄응! 편곡 버전을 내놔야 하나?"

노래를 부르다 부르다 안 되니 누군가 편곡을 했다.

그러자 극고음을 부를 수 있어야 했는데 원곡 고유의 맛이 나지 않았다. 하여 '내 맘 가는 대로'는 '화중지병(畵中之餠)'이라는 별명으로 불리기도 했다.

---

17) 상찬(賞讚) : 기리어 칭찬함

글자 그대로 '맛나 보이기는 하지만 먹을 수 없는 그림 속의 떡'처럼 느껴진 것이다.

이때쯤 제대로 된 편곡 버전을 내놓았고, 그제야 비로소 사람들의 애창곡 목록에 들어갈 수 있게 되었다.

신계(神界)에 있던 곡이 인간계(人間界)로 내려온 것이다.

참고로, 편곡 버전은 남성이 발표한 불후의 명곡 6위이다.

2위는 'In the moonlight'이고, 3~5위는 윌리엄 그로모프가 현수에게 받은 곡들이다.

"그래도 한번 찾아봐. 하나쯤은 있을 거야."

"알았어요. 열심히 찾아볼게요."

홀 청소를 마친 현수는 주방에 들어가 설거지를 했다.

닦아야 할 접시가 제법 많았다. 예전 같으면 설거지 마법 한 방으로 통쾌하게 끝냈겠지만 현재로썬 불가능하다.

짜증이 날 법도 한데 현수는 콧노래를 부르며 해치웠다. 유희라 생각하면 모든 게 용서되기 때문이다.

그리고 순간온수기가 데운 따뜻한 온수가 기분을 좋게 만들었다.

"도로시, 그거 작업 언제쯤 끝나?"

"가수 찾는 거요?"

"아니, 나쁜 놈들 거덜 내는 거."

"아, 그거라면 오늘 중에 다 끝나요."

"뭐야? 그거 하는데 뭐 그렇게 오래 걸려?"

도로시의 능력을 너무도 잘 알기에 하는 말이다.

"한국뿐 아니라 외국 놈들 것까지 몽땅 하려니 그렇지요."

"근데 하루 만에 그런 일이 벌어지면 세계적인 대공황 비슷한 일이 발생되지 않을까?"

돈 있는 나쁜 놈 거덜 내려다 자칫 국제적 연쇄 부도가 일어나 세계 경제에 악영향을 끼칠지 몰라 한 말이다.

"그럴 수 있음을 배제하진 못하겠네요."

"뭐? 그럼 안 되잖아."

현수는 아주 긴 세월 동안 조율자적인 삶을 살았다.

은퇴 후 유유자적한 삶을 산 건 사실이지만 그래도 지구는 물론이고 달과 화성 등 우주까지 잡음 없이 돌아가도록 세심한 관심을 기울였다.

22세기 후반부터는 거의 모든 일이 후손과 유능한 인재들에 의해 이루어졌지만 배후엔 늘 현수가 있었다.

그릇된 판단을 할 경우엔 슬그머니 팁을 주기도 했다.

사람들의 삶에 혼란을 주는 급격한 변화는 가급적 일어나지 않는 방향으로 유도한 것이다.

그 습성이 어찌 사라지겠는가!

현수는 우려 섞인 표정이다.

"그럼 어떻게 해요?"

"일단 한국의 나쁜 놈들 것만 거둬들여. 나머진 준비만 시켜놓고 있어. 괜히 애꿎은 사람들까지 피해 입을 수 있으니까."

"네, 알았어요."

"그나저나 액수는 얼마나 될까?"

액수가 얼만지는 오르지만 해외로 빼돌린 돈이나 부정부패와 관련된 돈의 액수는 상당히 많을 것이다.

"꽤 되지요. 뭐 폐하의 재산에 비하면 조족지혈이지만."

도로시의 말은 중간에 끊겼다.

"은행의 대여금고 같은 데 있는 건 어떻게 할 거야?"

"그건 마스터키가 있을 거라 일단은 그냥 놔둘게요."

대여금고 안에 있던 것이 없어지면 은행이 의심받을 수 있음을 주지시킨 것이다.

"그래, 그럼. 대신 나중에 알지?"

대여금고의 돈을 꺼내서 본인계좌로 넣게 되는 즉시 인터셉트(intercept)하라는 말이다.

"물론이에요. 그나저나 돈은 어디에 둘까요?"

전액 현금으로 찾아서 보관하는 건 거의 불가능하다. 부피만 해도 어마어마할 것이기 때문이다.

특정 계좌에 몰아넣는 것도 좋지 않다. 돈을 잃은 사람들이 눈에 불을 켜고 찾아다닐 게 뻔하다.

"도로시는 어떻게 하는 게 편해?"

"페이퍼컴퍼니 법인 계좌와 가상 계좌로 분산해서 예치시킬 예정이에요. 혹시 다른 의견 있으세요? 은행 만들어요?"

가상은행을 설립하는 것이 어떠냐는 말이다.

아날로그보다 디지털 쪽이 특화되어 있으니 말만 떨어지면 수 초 만에도 가능한 일이다.

"아냐, 그냥 그렇게 해."

"알았어요. 일단은 보관해 둘게요."

"그래, 다만 바하마에 있는 Y—엔터 법인계좌의 잔액은 늘 일정한 수준을 유지하도록 해주고."

"법인계좌요? 얼마로 맞춰둘까요?"

"흐음! 일단은 3,500만 달러 정도면 될 거 같아."

이 액수는 현수와 Y—엔터가 아일랜드 제프 댐 레코딩스로부터 받은, 그리고 받게 될 계약금 총액이다.

한화로는 약 424억 2,000만 원에 해당된다.

"아! 지금 당장은 말고 잠잠해지면. 무슨 말인지 알지?"

조만간 마르지 않는 자본의 샘을 만들어두라는 뜻이다.

"네, 지시대로 하겠어요. 또 다른 건 없으신지요?"

"뭐 좋은 제안 있어?"

"비트코인 같은 가상화폐 구매를 권해 드립니다."

"가상화폐?"

"사람들의 심리에 의하면 비트코인 등의 가치가 엄청나게 폭등될 것으로 예상되거든요."

이전의 삶에선 잠깐 세인의 관심을 끌다 사라진 것이다.

이실리프 왕국의 화폐인 밤(BAM)화가 새로운 기축통화로 단단히 자리매김한 결과이다.

참고로, BAM은 'Benefit All Mankind[홍익인간]'의 이니셜이다. 이것은 언제든 같은 가치의 황금으로 교환 가능한 태환화폐(兌換貨幣)이다.

그리고 1,000밤은 황금 1g의 가치를 가졌다.

그렇게 기축화폐 지위를 갖고 있던 '밤'화는 서기 2315년이 되었을 때 세계 유일의 화폐가 되었다.

당연히 환율이라는 어휘는 사라졌다.

어쨌거나 현수는 비트코인에 관한 뉴스를 본 바 있다.

해킹으로부터 비교적 안전한 블록체인 기술과 관련된 화폐라고 하였다. 그리고 도로시의 판단은 늘 이성적이고 냉철하다. 따라서 이런 권유는 당연히 받아들여야 한다.

"사들여. 다만 시장 교란이 일어나지 않을 정도로."

"역시…, 현명하세요."

도로시는 대답과 동시에 비트코인 등 가상화폐들을 사들이기 시작했다.

2016년 3월 현재 1비트코인은 400달러 정도이다. 이게 2017년 12월엔 19,500달러 수준으로 급상승하게 된다.

2년도 되지 않아 약 50배 정도 가치가 상승하는 것이다.

비트코인의 최대 발행 개수는 2,100만 개로 제한되어 있다. 그리고 현재로썬 해킹이 매우 어렵다. 그래서 희소성과 안정성을 인정받아 비싼 몸이 되는 것이다.

도로시는 이중 절반 이상을 사들일 예정이다.

다른 가상화폐인 이더리움과 모네로, 지캐시과 몬에로, 비트코인캐시와 라이트코인, 그리고 대시와 네오 등도 마찬가지이다. 가상화폐 시장을 장악할 예정인 것이다.

투자 총액은 100억 달러 정도가 될 것이다. 현재의 환율로 따지면 12조 1,200억 원 정도 되는 액수이다.

비트코인의 가치는 상승과 하락을 거듭하다 2017년 12월에 정점을 찍는다. 그리고 4년간 조금씩 하락하며 지지부진한 상태를 유지하다가 또다시 상승하게 된다.

다른 가상화폐 모두 비슷한 그래프를 그리게 된다. 그러다 초정밀 '슈퍼노트(Supernote)'가 출현하게 된다.

참고로 슈퍼노트란 진짜 화폐와 다름없을 정도로 감쪽같이 모방된 미화 100달러짜리 위조지폐를 뜻한다.

진짜처럼 75%의 면(綿)섬유와 25%의 마(麻)로 제작된 화폐 용지를 사용하고, 요판(凹版) 인쇄방식으로 만들어진다.

육안은 물론이고 위조지폐감식기로도 식별이 불가능할 정도로 정교하여 '적외선 감별기', 또는 특수 확대경으로만 위폐 감식이 가능하다.

어쨌거나 현재의 기축통화인 미 달러화는 이로 인해 막대한 타격을 입고 급격하게 가치가 하락한다.

슈퍼노트가 너무도 정교해서 빚어지는 일이다.

그 결과 달러의 가치는 10분의 1이하로 급전직하한다. 그로 말미암아 국제경제에 일대 혼란이 빚어진다.

원유 1배럴당 50달러였다면 한화로 6만 원 정도이다. 이게 갑자기 5천 원이 되었다. 어떤 일이 빚어지겠는가!

달러 결제를 하는 모든 곳에서 아우성이 빚어진다. 한쪽은 막대한 이익을 보고 다른 한쪽은 손해를 보기 때문이다.

유로화와 위안화 등도 안전하지 않다는 게 밝혀진다.

덕분에 가상화폐들이 안전자산 취급을 받게 되면서 비트코인 등의 가치가 폭등하게 되는 것이다.

어쨌거나 올랐을 때 팔았다가 내렸을 때 다시 사들이기를 계속하면 100배 이상의 가치 상승도 기대할 수 있다.

"다시 말하지만 국내 피해가 적도록 적절히 유지해."

"네, 폐하. 근데 채굴도 할까요?"

"채굴? 그건 아냐. 그냥 놔둬."

도로시가 채굴하기 시작하면 2,100만 개는 금방 채워진다. 그야말로 순식간이다. 이건 반칙이다. 그렇기에 말린 것이다.

"알았습니다. 참, 오늘 뉴스 보고드려요?"

"그래."

현수는 거울을 보며 머리카락 손질을 했다.

"먼저 특허청이 부실 특허를 줄이기 위해 특허검증제도를 강화한다고 합니다."

"그래? 그건 잘하는 거야. 근데 심사청구기간은?"

"기존 5년에서 3년으로 줄인다고 해요."

"흠! 그래도 너무 길다."

"그렇죠? 저도 그렇게 판단해요."

참고로, 이실리프 제국의 특허 심사청구기간은 최장 6개월이고, 보통은 3개월 안에 심사가 끝난다.

특허권 보호를 위한 제도가 잘 갖춰져 있으니 신기술의 보다 빠른 보급을 위함이다.

"좋아, 다음 뉴스는?"

"코스피 지수는 1,950선을 회복했구요, 지나 정부가 외국 자본이 국유기업 인수 ? 합병을 허용한다고 해요."

"흥! 그건 말뿐인 거고."

이렇게 발표해 놓고 조금만 밉보이면 온갖 해코지를 하여 스스로 손 털고 나가게 함을 알기에 내뱉은 냉소이다.

실제로 큰 꿈을 안고 지나로 진출한 많은 기업과 개인들이 피눈물 흘리며 돌아섰다.

"오늘 날씨는 어떻대?"

지난 보름 동안 비가 내리지 않아 대기가 바싹 메말라 있는 상태이다. 하여 자그마한 불씨로도 산불 같은 대형화재가 일어나기에 물은 것이다.

"오늘도 비 소식은 없어요. 다만 대기의 질이 '매우 나쁨' 수준이니 가급적 외출을 자제하라고 하네요."

"대기의 질이 매우 나쁘다고?"

"네, 지나로부터 오는 황사와 미세먼지 때문이에요."

황사(黃砂)와 미세먼지라니!

정말 오랜 동안 잊고 산 어휘들이다.

한반도 이북에 자리 잡은 이실리프 왕국이 완벽한 체계를 갖추었을 즈음 고비사막 전체는 신선한 농산물을 생산해 내는 농경지로 변모되었다.

완전히 상전벽해(桑田碧海)된 것이다.

참고로, 고비사막의 면적은 약 130만㎢로 대한민국 전체 면적의 13배 이상이다.

이곳에서는 여러 종류의 농산물이 재배되었는데, 밀은 전 세계 수요량의 70%를 충당하고도 남았다.

소, 돼지, 닭, 양 등의 가축에서 얻어지는 각종 축산물 또한 세계 수요량의 66% 이상을 충당시켰다.

동시에 '황사'는 사전에서도 사라진 어휘가 되었다.

그와 비슷한 시기에 지나는 매연 배출억제를 위해 막대한 돈을 써야 하는 시절을 맞이하게 되었다.

무분별한 개발과 끝없는 욕심이 빚어낸 결과이다.

*　　　　　*　　　　　*

현수가 정령들로 하여금 지나에서 발생한 오염물질들이 한반도로 오지 못하도록 막은 결과이기도 하다.

그러자 편서풍을 믿고 대기오염 따위는 아랑곳하지 않고 공장을 가동시키던 지나인들 중 상당수가 폐질환 등으로 신음하거나 사망하기 시작했다.

약 5년에 걸쳐 1억 명 정도가 사망하거나 병상에 눕게 되자 지나 정부는 철저한 조치를 취하기 시작했다.

노후된 차량은 모두 폐차되었고, 화력발전은 중단되었으며, 오염물질을 내뿜던 공장들은 폐쇄되었다.

뿐만 아니라 1년 내내 차량 2부제가 실시되었고, 가구당 차량 구입은 한 대까지만 허용되었다.

말을 듣지 않거나 편법을 쓰다 걸리면 공개 총살을 서슴지 않았다. 그제야 공기가 맑아졌다.

그런 와중에 원전 폭발사고가 일어나게 되었다.

사고 원인은 부실시공이다. 혹시나 하여 다른 원전들도 조사하게 되었는데 열 중 아홉에 가동 중지 명령이 내려졌다.

그와 동시에 관련자 전원을 공개 처형함으로써 부실시공의 끝이 무엇인지를 확실히 보여주었다.

이때 이실리프 왕국에선 더욱 강력한 안전조치를 취하지 않으면 선전포고 하겠다는 으름장을 놓았다. 지나로 인한 방사능 피해를 좌시하지 않겠다는 뜻이다.

이즈음의 이실리프 왕국은 세계 제일의 패권 국가였다.

미국, 러시아, 지나 및 E.U. 전체가 동시에 달려들어도 능히 패퇴시킬 만큼 강력한 군사력을 가진 것이다.

결국 지나인들은 자체 발전을 포기하고 이실리프 왕국으로부터 전기를 공급받는 국가가 되었다. 핵융합발전으로 만들어진 값싼 전기가 비싼 값에 팔리게 된 것이다.

　어쨌거나 지금은 일련의 일이 없던 상황이다.

　"편서풍[18] 때문이지?"

　"네. 황사는 고비사막 쪽에서 오는 거구요. 미세먼지도 지나의 오염된 공기가 편서풍을 타고 오는 거예요."

　"근데 오늘 매우 나쁨 수준이라고?"

　"네. 현재 서울 기준으로 182㎍/㎥라네요."

　"으음! 그 정도면 외출도 자제해야 하고, 가급적 환기도 하지 말아야 하는 거 맞지?"

　"맞아요. 공기가 아주 더러운 수준이에요."

　미세먼지 농도 구분은 다음과 같다.

구분	농도(㎍/㎥)	마스크	실외활동	환기
좋음	0 ~ 30	불필요	○	○
보통	31 ~ 60	불필요	○	○
나쁨	61 ~ 150	필수	자제	자제
매우나쁨	151 ~	필수	자제	×

　"어휴! 예전엔 이런 데서 어떻게 살았지?"

　"그러게요. 제국의 공기 기준은 10㎍/㎥ 이하이니 이 정도

18) 편서풍(偏西風) : 위도 30~65° 사이의 중위도 지방에서 일 년 내내 서쪽으로 치우쳐 부는 바람. 지상에서는 풍속 3~4m/sec 정도로 끊임없이 분다.

면 코를 틀어막고 다녀야 하는 수준이네요."

"흐음! 내가 조치를 취하지 않았을리 없는데 이때 내가 어떻게 했는지 한번 찾아볼래?"

황제 회고록을 뒤져보라는 뜻이다. 그리고 그 답은 불과 2초 만에 나왔다.

"폐하께서는 지난 2014년 3월에 바람의 상급 정령 실라디온으로 하여금 지나의 공기를 가두도록 하셨어요."

"그래, 맞아. 기억난다. 맞아, 그렇게 했어. 그리고 며칠 후에 비가 내리도록 했지?"

"네, 그때 3,000㎜쯤 내리는 바람에 홍수가 나서 많은 일이 발생되었지요."

이때의 사건 이후 지나에선 화석연료의 사용을 가급적 줄였고, 매연에 대한 점검을 보다 철저히 했다.

그 결과 일시적으로 공기의 질이 좋아졌다. 하지만 공기가 맑아진 건 잠시뿐이었다.

다시 무분별한 개발을 시작하면서 문제가 되자 궁여지책으로 거의 모든 공장을 산동반도 쪽으로 이동시켰다.

편서풍을 믿은 것이다. 그 결과 한반도는 하루 종일 마스크를 쓰고 지내야 하는 지경에 이르렀다.

이때 현수는 아프리카와 남미, 그리고 알래스카 쪽 영토를 돌보느라 이런 사실을 몰랐다.

그러다 원전이 폭발해서 이실리프 왕국으로부터 전기를 사서 써야 하는 국가로 전락한 것이다.

현수는 가게 밖으로 나가 뿌연 하늘을 살펴보았다.

"흐음! 이런 데서 어떻게 살지? 어떤 조치를 취하면 나아질까? 정령을 부를 수 있나?"

"회고록에 의하면 현재 지구의 정령들은 몹시 무기력한 상태예요. 마나가 완전히 봉인되어 만나실 수도 없구요."

"쩝! 바람의 정령을 부를 수도 없고, 있어도 효과적인 대처를 못 한다는 거지?"

"맞아요. 정령은 포기하세요."

"그럼 어쩌지? 이런 상태로 살 수는 없는 거잖아."

"테라포밍 기술을 적용하는 건 어떨까요?"

"오, 그래. 근데 그거 현재의 기술력으로 가능해?"

"… 만능제작기는 있지만 필수 요소인 원소수집기가 없어서 불가능하네요."

"그렇지? 그럼 어쩐다. 쩝!"

"캐나다나 뉴질랜드 같은 곳으로 이주하기를 권합니다."

지구상에서 가장 공기의 질이 좋은 곳인 모양이다.

"그럼 유희가 안 되잖아."

"그렇지 않으면 여기에 적응하시는 수밖에 없어요."

"끄응! 할 수 없지."

현수는 뿌연 하늘을 바라보며 나직이 혀를 찼다.

"현 정부는 어떤 조치를 취하고 있지?"

"두 손 놓고 있어요. 그리고 유감스럽게도 변변한 항의조차 못 하는 실정이네요."

"정말? 정말 아무 일도 안 해?"

"이상해요. 현재의 대통령은 하는 일이 진짜 없어요."

지도자가 손 놓고 있을 정도면 대단히 뛰어난 실무진이 있고, 각자 소임을 100% 완수하고 있다는 뜻이다.

"그래? 그럼 장관들이 유능한 모양이네."

모처럼 마음에 든다는 듯 살짝 웃음까지 지었다. 그런데 도로시가 초를 친다.

"아뇨. 전혀 그렇지 않아요. 대통령은 침실에서 드라마나 보고 있고, 관료들은 온갖 부정부패를 자행하고 있는 중이구요. 뭐, 이런 정부가 다 있죠?"

"끄응!"

현수는 자신의 예상이 빗나가자 나지막한 침음을 낸다.

"아직 임기 많이 남았지?"

"네! 뉴스를 검색해 보니 건국 이후 가장 무능한 정권이고 지도자네요. 대가리가 텅 빈 이런 사람을 왜 뽑은 거죠?"

"……!"

현수의 대꾸가 없자 도로시의 말이 이어진다.

"투표에 의한 선출은 확실히 문제점이 있어요."

"유권자들이 입후보자의 성품 등을 직접 확인할 수 없으니까 그런 거야. 맹목적인 사람들도 있고."

"저는 폐하처럼 강력하고, 유능하며, 박식하고, 공평한 지도자가 다스리는 게 훨씬 낫다고 생각해요."

"정말? 법치주의는 어때?"

"법이 정말 공정하게 적용된다면 모를까 그렇지 않다면 차라리 없는 게 더 나아요. 뉴스를 검색해 보니 나쁜 짓을 하고도 법망을 교묘히 빠져나가거나 솜방망이 처벌로 끝나는 경우가 너무 많아요. 그리고 힘없는 ……."

현수는 도로시의 말을 끊었다.

"지금 유전무죄, 무전유죄를 말하려는 거야?"

"여긴 있는 놈들만 살기 좋은 나라예요. 가난하거나 권력에서 멀면 억울해도 그냥 당하고만 있어야 하네요."

"그래? 그럼 어떻게 하면 좋을까?"

좋은 의견 있으면 내놔보라는 표정을 지었다.

"끼리끼리 봐주거나 해먹는 놈들은 가둬놓고 교화시킬 게 아니라 즉각즉각 제거하는 편이 나을 것 같아요."

"죽이자고? 헐! 도로시가 조금 과격하네."

"아뇨, 제가 과격한 게 아니에요. 방금 법률적 처벌을 받은 자들이 정말 교화되었는지를 검색해 보았어요."

"그랬더니?"

"돈과 권력이 있는 놈들은 안하무인, 아니, 안하무법이네요. 죄를 짓고도 너무도 뻔뻔스러워요."

"그래?"

"그리고 너무나 많이 나쁜 짓을 해요. 그중 하나가 갑질이죠."

"아, 갑질……."

정말 오랜만에 듣는 어휘이다.

이실리프 제국에서는 알량한 돈이나 권력을 믿고 갑질을 하다 걸리면 재산 몰수 후 국외로 추방된다.

처음엔 국경 너머 정도로 보내는 걸로 끝냈지만 밀입국을 하는 등의 불법이 저질러지곤 하여 골치가 아팠다.

하여 공항이나 항구가 없는 외딴 섬으로 보냈다. 영국이 죄수들을 호주로 보낸 것과 같은 맥락이다.

그랬더니 배를 만들어 탈출 후 밀입국을 시도했다.

그래서 아예 외계로 보내 버렸다. 우주선을 만들 수 없으니 영원히 돌아올 수 없게 한 것이다.

"갑질하는 것들을 없애기 위해서라도 강력한 리더십으로 이끄는 영도자가 필요한 거예요."

"알았어, 알았어! 아침부터 열 내지 말라고. 당면한 문제는 미세먼지야. 이거 어떻게 하지?"

여전히 희뿌연 하늘이다.

"소극적으로는 마스크를 쓰는 거죠."

"적극적인 게 뭐 있지?"

"미세먼지를 배출하는 것들에 대한 철퇴죠."

오늘 도로시는 열을 받은 듯하다.

"철퇴씩이나? 너무 과격하다."

"잠시만 기다려 보세요."

"… 뭘 하려고?"

도로시는 자체 묶음 모드로 들어간 듯 아무런 대꾸도 하지 않았다. 그렇게 잠시의 시간이 흘렀다.

잠시 기다리고 있을 때 식재료가 배달되었다. 수량 확인 후 냉동고와 냉장고에 정리해서 넣었다.

상온에 보관할 것은 일일이 신선도 등을 검사한 후 주방 창고에 넣고 다듬기 시작했다.

감자와 양파는 껍질을 깠고, 오이, 당근, 상추, 미나리 등은 세척했다. 다음으로 파를 다듬었다.

그러던 어느 순간 도로시의 음성이 들렸다.

"다 되었어요."

"다 돼? 뭐가?"

"미세먼지를 발생시키는 공장들에 대한 응징 말이에요."

"공장을 응징해? 어떻게?"

"산동반도에 있는 공장은 모두 가동 중지시켰어요."

온라인 되었을 때 시스템에 침투하여 shut off 시키는 것은 충분히 가능하다. 도로시에겐 그럴 만한 능력이 있다.

그렇지만 공장 모두가 컴퓨터에 접속하는 것은 아니다. 그럼에도 모든 공장을 언급하였다.

문득 궁금해졌다.

"어떻게 한 건데?"

"산동반도의 모든 발전소를 가동 중지시켰죠."

"그, 그래? 그거 잘되었네."

현수는 굳이 어떤 방법을 취했는지 묻지 않았다. 검은 고양이든 흰 고양이든 쥐만 잘 잡으면 되기 때문이다.

"참, 새벽에 미세먼지 농도가 일시적으로 250㎍/㎥ 이상으로 치솟은 적이 있어요. 그때 긴급조난신호를 보냈어요."

"긴급조난신호를 보냈다고? 어디로?"

"어디긴요. 폐하께서 전원 스위치를 올리지 않고 올려 버린 위성들이죠."

비아냥거리는 어투였지만 아무렇지도 않은 듯 대꾸했다.

"어? 그거 꺼져 있잖아. 근데 신호를 왜 보낸 건데?"

"매뉴얼을 확인해 보니 지상에서 보낸 긴급조난신호가 닿으면 꺼져 있었더라도 다시 가동되도록 되어 있더라구요."

"그런가?"

이실리프 제국은 생명을 소중히 한다.

그렇기에 '생명 우선인 시스템'을 갖추도록 하였다. 하여 모든 매뉴얼엔 온갖 위기상황에 관한 내용이 들어가 있다.

평상시엔 거의 들여다볼 일이 없는 내용인지라 아주 작은 글씨로 쓰여 있어 '잊힌 배려'로 불리기도 하다.

도로시가 그중 하나를 찾아낸 모양이다.

"그래서 인공위성 모두 가동되는 거야?"

"네. 미세먼지 농도가 너무 짙자 대형 건축물의 붕괴나 테러에 준한 위기상황으로 인식하고 가동을 시작했어요."

"오! 잘했어. 정말 잘했어."

현수의 얼굴에 진한 미소가 어렸다.

깜박 잊고 전원 스위치를 올리지 않고 궤도로 보낸 것이 못내 찜찜했는데 이젠 안 그래도 되기 때문이다.

아무튼 조난신호를 받은 위성들은 즉각 가동되었고, 비상 상황을 대비한 조치를 취하기 시작했다.

지표면으로부터 올라올 탈출비행정의 접속을 대비하여 수면 모드에 있던 YD—16 또한 눈을 뜨게 한 것이다.

이것들은 16번째로 개량된 '안드로이드[19]'이다.

현수에 의해 설계된 첨단과학과 온갖 마법의 산물인 이것은 요리, 청소, 아기 돌보기, 정원 가꾸기, 전투기 조종 등 2만 8,000여 가지 임무를 수행할 수 있다.

인간이 할 수 있는 일은 거의 모두 한다는 뜻이다.

게다가 딥 러닝을 통해 미개척 분야에 대한 연구 및 개발 또한 가능하다.

뿐만 아니라 장인종족인 드워프 뺨을 칠 정도로 뛰어난 손기술을 가지고 있기도 하다.

---

19) 안드로이드(Android):겉보기에 말이나 행동이 사람과 거의 구별이 안 되는 로봇. '인조인간'이 안드로이드에 가장 근접한 개념

Chapter 08
—
안공강우와 미세먼지

각각의 위성마다 2기씩 배치되어 있는데 평시엔 부여받은 임무뿐만 아니라 자체방어 임무를 수행하고 있다. 이를 위해 광자포과 마나포, 그리고 레일건 등을 다룰 수 있다.

우주무기로서의 기능도 있는 것이다.

유사시엔 고장수리 등의 임무도 맡는다.

불의의 사고, 또는 외부로부터의 공격에 의해 80%가 파손되어도 원상복구가 가능하다. 물론 만능제작기와 원소수집기가 멀쩡해야 가능한 일이다.

모든 위성엔 부여된 아공간이 있는데 비상시를 대비한 공간이 갖춰져 있다. 거주 면적은 30평 정도 된다.

이것에 딸린 비슷한 크기의 창고엔 충분한 식량과 각종 생필품 등이 준비되어 있다.

2인이 10년 정도 머물 수 있는 분량이다. 이 밖에 비행정 연료와 각종 부품 등도 갖춰져 있다.

어쨌거나 도로시의 기지 덕분에 정지궤도용 2기와 중궤도용 3기, 그리고 저궤도용 위성 4기의 가동이 시작되었다.

이것들 각각 2인승 소형 비행정 하나쯤은 뚝딱 만들어낼 부품을 보유하고 있다.

만능제작기까지 가동시키면 29세기 말부터 제작되기 시작한 Y—시리즈 우주전함들도 불가능한 일은 아니다.

서기 3725년에 제작된 대형 수송함 Y—3725의 경우는 직경 1.2km에 높이 200m짜리이다.

내부에 무지막지한 공간확대 마법이 적용되어 실제 크기는 직경 12km이고, 높이 2km 정도이다.

가장 넓은 중심부 면적은 113k㎡이며, 150여 개의 층을 이루고 있어 실면적은 수도권 전체보다 넓다.

참고로, 서울은 605.3k㎡이고, 인천은 1,048.9k㎡이며, 경기도는 10,175.13k㎡이다. 합계 1만 1,829k㎡ 정도이다. 그리고 수도권 인구는 약 2,600만 명이다.

Y—3725의 거주 가능 면적은 1만 2,000k㎡ 정도이다.

이는 운항에 필요한 각종 기계실 및 방어와 공격을 위한 군사시설 등을 제외한 것이다. 계산상으로는 3,000만 명 이상이 충분히 거주할 수 있으니 어마어마하게 크다.

어쨌거나 Y—3725는 태양계 바깥에 위치한 행성, 또는 위성으로 이주민을 보낼 때 사용되던 것이다.

거리가 너무 멀기에 시간도 오래 걸릴 뿐만 아니라 식량과 식수 등 각종 생필품 또한 무지막지하게 필요했다.

현수는 이런 불편을 해소하기 위해 공간초월 마법에 대한 연구를 했고, 그 결과 Y—3725는 퇴물(退物)이 되었다.

예를 들어, 태양계에서 가장 가까운 외(外) 항성계인 '알파 센타우리'로 가려면 광속(30만km/s)으로 가도 4년이 걸리며, 통신을 주고받는 데는 9년 이상이 소요된다.

음속(340m/s)으로 간다면 980년 이상 걸리는 엄청나게 먼 거리이다. 정찰기 역사상 가장 빠르고 높게 날던 록히드의 'SR—71 블랙버드'라도 300년 이상 비행해야 한다.

반면, 공간초월 마법이 적용된 포탈을 열어놓을 경우엔 불과 3초면 이동 가능하고, 전파의 송수신은 거의 실시간이다.

그래서 대형 수송함이 불필요해진 것이다.

참고로 '공간초월 마법'은 현수가 서기 4946년으로부터 2,930년이나 거슬러서 서기 2016년인 현재로 올 수 있게 한 '시공간 초월 마법'의 원형인 마법이다.

물론 두 마법엔 큰 격차가 있다.

그중 가장 큰 차이는 공간초월 마법은 8서클만 되면 가능하지만, 시공간초월 마법을 구현시키려면 적어도 10서클 마법사가 되어야 한다는 것이다.

"인공위성을 쓸 수 있게 돼서 좋은 점은?"

현수의 물음에 도로시는 즉답을 내놓았다.

"일단 원소수집기를 공급받을 수 있을 거예요."

"정말? 어떻게?"

듣던 중 정말 반가운 소리이기에 반색하는 모습이다. 그런데 어떤 방법으로 받을지 몹시 궁금하다.

"어떻게 하긴요. YD—16으로 하여금 제작하여 발송하라는 지시를 내렸지요."

"……?"

저궤도 위성이라도 고도 700~900km 높이에 있다. 이곳으로부터 어떤 방법으로 받을 거냐는 무언의 물음이다.

정밀하게 각도를 계산하여 떨어뜨린다 하더라도 대기권을 돌파하는 동안 공기 저항 등의 이유로 타버리거나 망실(亡失)될 수 있음을 알기 때문이다.

"일단 YG—4500의 설계도를 전송했어요."

"흐음, YG—4500이라면 경호용 안드로이드인가?"

Y는 이실리프(Yisilipe)의 이니셜이고, G는 Guard를 뜻할 것이기에 물은 말이다.

"네. 경호 특성으로 설계된 거 맞아요."

외형상 인간과 구별되지 않기에 '인간병기'라 불리던 것이다. 어떠한 경우라도 경호대상을 보호할 능력을 가졌다.

웬만한 총탄으론 손상되지 않는다. 레일건으로 발사된 탄자 정도가 되어야 흠집을 낼 수 있을 것이다.

그리고 '아이언맨'이나 '슈퍼맨'처럼 비행이 가능하다.

급한 상황이 되면 경호대상을 안고 안전지대까지 비행하도록 설계되어 있는데 1,000㎞까지 비행 가능하다. 이 정도면 핵폭발이 일어나더라도 영향을 받지 않는다.

평상시엔 비서 업무도 수행 가능하다.

따라서 YG—4500이라면 900㎞ 아니라 9,000㎞ 높이에서 떨어져도 무사히 착륙할 수 있을 것이다. 중력가속도를 극복할 역분사 시스템과 낙하산을 사용하면 되기 때문이다.

"폐하께서 현재 마나를 쓰실 수 없는 상태라 경호가 필요해서 그걸 제작하라고 했어요."

"그래, 잘했네. 그거 언제쯤 가능하지?"

"최대한 빨리 제작하여 보내라고 했으니까 그리 긴 시간은 안 걸릴 거예요."

"좋았어."

현수는 하루 종일 노래를 흥얼거리며 웨이터 일을 했다. 그러다 문득 떠오르는 상념이 있다.

"도로시!"

"네, 폐하."

"우리 이제 인공강우 가능한 거지?"

위성의 특성과 기능을 알기에 묻는 말이다.

"그럼요. 테라포밍도 가능한 걸요."

"인공위성 9기만으로 충분해?"

"지구 전체라면 불가능하죠. 당연하잖아요."

알면서 왜 묻느냐는 뜻이다.

"한반도 일대에 비 뿌리는 것 정도는 가능해?"

"그럼요. 그건 충분하죠."

"그럼 미세먼지 좀 어떻게 해봐."

"비를 뿌리라고요? 좋아요. 어디부터 할까요? 하지만 편서
풍은 못 막는데……."

한반도에 비를 뿌려봤자 지나에서 오는 오염된 공기가 기
류를 타고 오는 것은 어쩔 수 없다는 뜻이다.

"일단 한반도부터 비를 뿌리고, 다음은 지나와 고비사막을
충분히 적셔줘."

"네, 알았습니다. 근데 어느 정도로 할까요?"

"한반도는 미세먼지가 씻겨 나가고 봄 가뭄이 해갈될 정도
면 되겠지. 가능하지?"

"그럼요. 근데 그럼 지나는요?"

원인 제거가 아닌 이상 미세먼지로 인한 불편이 계속될 것
이라는 뜻이고, 일만 벌여놓고 아무런 책임도 지지 않는 지나
가 괘씸하다는 의미에서 한 말이다.

"어떻게 하는 게 좋을까?"

이건 의견을 묻는 말이 아니다. 현수의 성품을 잘 아는 도

로시는 자신이 모시는 분의 흉중을 읽어냈다.

"고비사막은 젖는 정도로 끝내지만 공장이 있는 도시들은 홍수를 겪도록 하는 정도면 적당할 듯싶어요."

"그래, 그렇게 해."

이 결정으로 지나에 엄청난 폭우가 쏟아져 순식간에 아수라장이 된다.

수많은 거주지가 침수되고, 연약해진 지반으로 인한 산사태 및 부동침하로 산기슭에서 공해를 내뿜던 공장과 대형 건축물들이 무너져 버린다.

동시에 수많은 도로가 물에 잠기거나 유실되면서 교통이 마비된다. 그리고 발전소는 가동되지 않는다.

공장의 기계류가 물에 잠겨 녹슬게 되는 건 서비스다.

구원의 손길조차 내밀기 힘든 상황이 되는 것이다. 그 결과 지나의 산업은 엄청난 후퇴를 하게 된다.

그중 가장 큰 손실은 거의 모든 기록의 소실이다.

인터넷에 접속된 모든 컴퓨터가 랜섬웨어[20]에 감염된 듯한 증상을 보인다.

별별 수를 다 써보지만 해결방법은 포맷(format)뿐이다.

그 결과 대륙의 거의 모든 기록정보가 사라진다.

한국으로 치면 주민등록과 차량, 부동산의 등기기록, 그리

---

20) 랜섬웨어(ransomware) : 인터넷 악성코드(malware)의 일종. 감염된 컴퓨터는 시스템 접근이 제한되며 해제하기 위해서는 코드 제작자에게 대가로 금품을 제공해야 하는 악성 프로그램

고 예금 및 대출기록, 전과기록, 재직기록, 진료기록, 투약기록, 입학기록, 졸업기록 등이 몽땅 지워지는 것이다.

당연히 막대한 사회 혼란이 야기된다.

무분별하게 공해 물질을 뿜어내고 이에 대한 적절한 조치를 취하지 않은 죄에 대한 대가이다.

"지나의 미사일 발사기지 등도 통제 가능하지?"

"핵미사일 기지 포함이죠?"

각각의 기지는 비상시를 대비한 자체발전설비들이 있어 아직은 셧 다운(Shut Down)되지 않은 상태이다.

"당연하지."

"어떻게 할까요?"

"시스템을 장악해서 발사불능 상태를 유지시켜."

"알았습니다."

"나중에라도 발사버튼을 누르면 지나의 군사시설에 떨어지도록 해. 1순위는 중남해, 2순위는 북경 등이야."

자승자박(自繩自縛)이 아니라 자공자멸(自攻自滅)하게 하라는 뜻이다.

"네, 알겠습니다."

도로시에게 있어 지나의 한족들은 개미나 쥐새끼만도 못한 존재이다. 그런데 현수의 명까지 떨어졌으니 가혹하다 해도 지나치지 않을 조치가 취해질 것이다.

참고로, 현수가 개인적으로 혐오하거나 싫어하는 민족은

한족(漢族)과 왜족(倭族), 그리고 유태민족이다.

그래서 이실리프 제국에선 이들과 손톱 끝만큼이라도 관련되어 있으면 결코 요직에 오를 수 없도록 하였다.

어떠한 경우라도 이실리프 제국의 교사와 군인, 그리고 공무원 등 공적인 지위를 갖지 못하도록 하였다.

아울러 어떠한 어려움에 처하더라도 결코 자선의 손길을 베풀지 않았다. 완전하게 사회적 왕따를 시킨 것이다.

그와 동시에 이들 민족과 관련된 유전인자를 가진 자들로하여금 불임케 하는 조치도 취했다.

후손을 볼 수 없도록 한 것이다. 그 결과 서기 2312년 이후의 지구엔 단 하나의 한족과 왜족, 그리고 유태민족도 살아남지 못하였다. 완벽하게 말살된 것이다.

연후엔 이들 민족과 관련된 모든 기록을 삭제시켰다.

지구에 머물렀다는 흔적까지 지워 버린 것이다. 그랬더니 늘 불협화음을 일으키던 몇몇 종교들이 완전히 사라졌다.

하긴 우주선을 타고 다른 행성으로 이주하는 시대였으니 교리에 억지가 많은 종교는 발붙이기 힘들었을 것이다.

돌이켜 보니 그 후론 별다른 일이 빚어지지 않았다.

과하게 욕심을 부리거나, 이기적인 행동과 사상으로 사회적 문제를 야기하는 인간들이 없으니 당연한 일이다.

"폐하, 방금 내린 지시는 핵미사일에 국한된 건가요?"

"아니. 모든 군사시설을 망라해. 일반 미사일기지는 물론이고 군함과 잠수함, 그리고 전투기 등도 마찬가지야."

"그건 쉽죠. 알았어요."

도로시는 잠시 말을 끊었다. 방금 받은 명령을 세세하게 전달하는 중인 것이다.

먼저 한반도를 뒤덮은 자욱한 미세먼지 제거를 위한 강수를 지시했다. 도시와 농촌, 그리고 산림을 구분했고, 하천이 있는 지역은 상류와 하류의 흐름을 고려한 지역별 강수량을 일일이 산출 후 지시를 내렸다.

도시는 미세먼지가 씻겨 나갈 정도이고, 농촌은 봄 가뭄이 완전히 해갈될 정도, 그리고 저수지와 댐의 상류는 충분한 저수량을 가질 수 있을 만한 강수량(降水量)이다.

그럼과 동시에 지나의 군사시설 통제에 들어갔다. 멀티태스킹이 가능하니 뒤로 미룰 일이 아닌 것이다.

잠시 후, 곳곳에서 당혹성이 터져 나온다.

"어어! 이, 이게 왜 이래? 어어? 으아아악!"

콰쾅! 콰콰콰쾅—! 우지지직—! 콰콰쾅—!

이륙하던 전투기는 추력 부족으로 활주로를 벗어나지 못하고 도랑 속으로 처박혔다. 날개가 부러지고 엔진이 떨어지는 등 작살이 났다.

"뭐야? 왜 이래? 으으! 으으으!"

"어라? 여긴 버뮤다 삼각지대도 아닌데… 뭐지?"

바다에 있던 군함과 잠수함들은 조타와 관련 없이 표류하기 시작했다. 그럼에도 표류 사실을 제대로 알지 못한다.

모든 계기가 제멋대로 움직이기 때문이다.

콰앙! 콰아아앙! 콰콰콰콰콰콰쾅—!

지나가 심혈을 기울여 새로 제작한 신형 미사일 시험발사장은 한바탕 아수라장이 빚어지고 있다. 발사된 미사일이 표적이 아닌 인근 부대 탄약고를 때린 결과이다.

시뻘건 불길과 더불어 폭발음이 계속해서 터져 나온다.

"헉! 으악! 메이데이! 메이데이! 메이데이! 으읏!"

비행 중이던 전투기는 엔진이 꺼지면서 조종 불능상태가 되었고, 곧이어 비상탈출이 시도되었다.

콰앙! 퓨웅—!

사출좌석이 튀어 올라 조종사의 목숨은 구했지만 기체는 아무 곳에나 처박히며 폭발을 일으켰다. 그 결과 산불이 시작되었다. 당분간 이어질 대혼돈의 시대가 시작된 것이다.

이는 지나에만 국한된 일이다.

그러거나 말거나 현수는 히야신스의 홀을 대걸레로 닦고 있었다. 물론 모든 일이 당장 일어나는 것은 아니다.

잠시 후, 서울을 비롯한 한반도 전역에 비가 내리기 시작했다. 도시지역은 적당량이 뿌려졌고, 농촌지역은 쩍쩍 갈라져 있던 논바닥에 물이 찰랑일 정도로 내렸다.

반면 댐과 저수지 상류지역은 장맛비같이 굵은 빗방울이

끊임없이 뿌려진다. 도로시의 계산은 정확했다.

"폐하, 말씀하신 것들 다 지시했어요."

"그래? 수고했네."

*   *   *

테이블의 냅킨을 채워 넣으며 한 말이다.

"또 지시하실 것이 있는지요?"

"영해를 침범한 지나의 어선들은 얼마나 있지?"

"지금이요? 잠시만요."

잠시라고 했지만 그 시간은 불과 3~4초이다.

위성 또한 대단히 뛰어난 성능을 가진 컴퓨터 시스템이 장착되어 있으니 당연한 일이다.

"이 시각 현재 연평도와 대청도 등 서해 5도 인근 NLL 주변 223척 등 1,859척이 서해에 있구요, 남해엔 1,669척, 동해는 1,846척이 조업 중에 있어요."

"현재 불법조업하는 것들만 그렇다는 거지?"

"네. 영해를 벗어나 귀항하는 것과 이쪽으로 접근하는 것들은 제외한 숫자예요."

"그것들은 얼마나 되지?"

"돌아가는 것은 2,131척이에요. 서해로 오는 건 2,267척, 남해 또는 동해로 가는 건 2,820척이구요."

합계 1만 2,592척이다. 징글맞게 많은 숫자이다. 항구에 정 박해 있는 것들까지 합치면 이보다 훨씬 많을 것이다.

"끄응! 이놈들을……."

현수가 나지막한 침음을 내자 도로시가 대꾸한다.

"회고록에는 2014년도에 마법과 정령으로 불법조업을 하던 지나 어선 모두를 침몰시킨 것으로 기록되어 있어요."

도로시의 보고처럼 현수는 강력한 처벌을 내렸다.

충남 태안 격렬비열도 해상에선 226척을 침몰시켰고, NLL 인근 해역에서 추가로 318척을 더 빠뜨렸다.

그 결과 6,797명이 목숨을 잃었다. 익사한 인원도 있지만 아나콘다나 악어의 밥이 된 자들도 많다.

불법조업을 단속하던 해경을 실종케 한 죄를 물은 것이다.

2014년 4월 7일엔 마라도 남서쪽 해역에서 712척, 신안군 가거도 해역에서 438척을 침몰시켰다.

추가로 15,386명이 더 죽었다.

그럼에도 불법조업은 근절되지 않았다.

그래서 2014년 5월 5일엔 9,179척의 어선을 작살냈다. 이때 약 11만 명이 목숨을 잃었다.

이후 지나 어선의 불법조업은 획기적으로 줄어들었다.

한국의 영해를 침범하면 배를 잃을 뿐만 아니라 모조리 수 장(水葬)당하게 되니 당연한 일이다. 그리고 조업에 나설 어 선이 현격하게 줄어든 때문이기도 하다.

어쨌거나 지나 어선들은 지금 현재 한국의 영해를 침범하여 어족자원의 씨를 말리고 있다. 뿐만 아니라 못 쓰게 된 어구 등을 마구 버려서 바다를 오염시키고 있다.

결코 그냥 놔둘 일이 아니었다.

"위성에서 광자포나 마나포를 쏘면 정확하지 않아도 큰 풍랑이 일어나 모두 침몰하겠지?"

이것들은 직경 1㎞ 이상인 우주전함이나 금성, 수성, 화성 같은 행성들을 상대로 사용하는 무지막지한 병기이다.

그런데 지금 그런 걸로 고작 고기나 잡는 소형어선들을 때려잡자고 한다.

"농담이신 거죠? 그걸 사용하면 몽땅 가라앉기는 하겠지만 절대로 권하진 않는 건 아시죠?"

"왜지? 왜?"

"왜라뇨? 전형적인 우도할계(牛刀割鷄)니까 그렇죠."

말도 안 된다는 어투이다.

"소 잡는 칼로 닭 잡는 거라고? 그럼 레일건은 어때?"

방금 언급된 레일건은 탄자가 작아서 소형 무기에 속한다.

이건 광자포나 마나포에 비해서 그렇다는 것이다. 파괴력이 매우 강력하여 웬만한 미사일에 버금가는 위력을 가졌다.

이에 비하면 M16이나 K2소총은 세 살짜리 계집아이의 돌팔매질보다도 못하다.

"그건 거리가 너무 멀어서 정확한 타격이 어려워요."

어선이 흔들리는 표적인 데다 대기권을 통과하는 동안 공기 저항 때문에 제어가 쉽지 않음을 뜻하는 말이다.

"그렇다고 그냥 놔둘 수는 없어. 어쩌지?"

"차라리 조선소를 공략하는 편이 낫지 않을까요?"

"조선소를?"

"일단 더 이상 어선을 만들지 못하게 해놓고 나중에 적당한 방법을 모색해 보시길 권해요."

"흐으음! 조선소 공략이라……."

"전원 차단 정도면 되지 않겠어요?"

"그럼 그렇게 해."

"알았어요. 더 이상 전원이 공급되지 않도록 할게요. 그럼 된 거죠?"

어떻게 조선소만 전기를 쓸 수 없도록 할 것인지는 고민할 문제가 아니다. 그렇기에 고개를 끄덕이려던 현수의 움직임이 멈춘다.

조선소에서 배를 못 만들게 한다 하여 불법조업이 근절되는 것이 아니고, 단속에 나선 해경에 대한 공격이 줄어들지는 않을 것이다.

"그것 가지곤 안 되겠어."

"네? 그럼 어떻게요?"

"배에 필요한 부품도 못 만들게 해야 하지 않겠어? 그 인간들, 전기가 없으면 스패너나 드라이버만으로 만들겠다고 나설 것들이거든."

"아! 네, 알았어요. 배에 필요한 엔진이나 스크류 등을 못 만들도록 조치하겠어요."

"그래, 그래야 공평하지."

이 한마디로 지나의 조선산업은 망하게 된다.

수주한 것들을 제 날짜에 인도하지 못해서 생기는 손해는 새 발의 피다.

도로시는 엔진과 스크류는 물론이고 이를 만들 수 있는 제철산업과 기계공업 전체를 철저히 관리한다.

심지어 주물산업과 재료 관련까지 통제하므로 지나의 공업은 크게 후퇴하게 된다.

*   *   *

"폐하, 1차 정리 끝났습니다."

"1차 정리? 뭔 1차 정리?"

"나쁜 놈들이 해외로 빼돌린 돈과 부정한 방법으로 축재한 것들 환수하는 거요."

"아, 그거? 잘했네."

신문에 시선을 주고 있던 현수가 별 의미 없이 고개를 끄덕인다. 그러곤 다시 신문을 본다.

"그게 끝이에요?"

"그럼 뭘 더해?"

무슨 소리냐는 표정이다.

"총액이 얼만지, 어디에 얼마를 어떻게 넣어두었는지 안 물어보셔요?"

"그걸 내가 왜? 그건 내 돈도 아니잖아."

"이전까진 폐하의 돈이 아니었지만 이젠 폐하만이 핸들링하실 수 있는 거잖아요. 근데도 그냥 둬요?"

"도로시가 알아서 잘했을 거 아냐. 안 그래?"

"칫! 그건 그렇죠. 보고드려요?"

뭔가를 자랑하고픈 억양이 느껴진다. 하여 보고 있던 신문을 접었다.

그와 동시에 망막에 차트 하나가 투영된다.

2016년 현재를 기준 기준으로 본다면 항공기나 자동차에 적용되는 HUD가 눈앞에 구현된 것이다.

HUD는 'Head Up Display'의 이니셜로 차량의 속도, 연료 잔량, 길 안내 정보 등을 운전자 바로 앞의 유리창에 그래픽으로 보여주는 디스플레이 장치다.

1960년대 항공기에 처음 적용됐고, 2010년대 들어선 자동차로 사용처가 확대된 것이다.

"총액이 얼마라고? 이거 맞아?"

"지금 보시는 금액 맞아요."

"헐! 한화로 2,628조 7,255억 6,952만 원이나 된다고? 정말?

근데 전에 800조 원 정도라고 하지 않았어?"

"그때 말씀드린 건 2014년 이전에 각각의 조세피난처에 있던 돈 중 바하마로 송금된 액수만 말씀드린 거예요."

"흐음, 그랬어?"

"네. 미국 국세청이 발표한 자료랍니다."

확실하다는 뜻이다.

"그럼 전에 2조 달러 운운한 건 뭐였는데?"

"아! 2,416조 원 말씀드린 거요?

"그래, 그거."

"그건 한국에서 외국으로 빼돌려진 돈 2,424조 원 중에서 출처가 불분명하거나 부정 축재된 것, 그리고 고의로 빼돌려진 것들만 추려본 액수였어요."

"그랬어? 근데 금액이 확 늘었네."

"그 후로도 빼돌린 게 더 있었어요. 세세히 찾아보니까 더 있더라고요. 얼마나 교묘하게 감춰졌는지 하마터면 빠뜨릴 뻔한 게 꽤 돼요."

"끄응!"

기획재정부가 발표한 대한민국의 2016년 예산은 386.7조 원이다. 그런데 이것의 6.8배 정도 되는 검은돈이 있다. 그런데 국세청은 모르는 듯하다. 실로 한심한 노릇이다.

"다음은 현황이에요."

말이 떨어지기 무섭게 차트가 스르르 내려가더니 이내 새로운 내용이 펼쳐진다.

"보시는 대로 현재는 거의 모두 외국 은행에 예치되어 있어요. 이것에 대한 용처를 정해주셔야겠어요."

"이 돈의 사용처?"

"네. 전에 말씀하신 대로 바하마 Y—엔터 법인계좌의 현재 잔액은 3,500만 달러로 맞춰두었어요."

"끄응!"

사흘 전 아일랜드 데프 잼 레코딩스에서 계약금 3,000만 달러를 보냈다. 총액 363억 6,000만 원 중 다이안 멤버들에게 지급한 계약금은 105억 원이다. 멤버당 21억 원이다.

이 밖에 녹음실 및 연습실, 그리고 숙소와 밴 등을 갖추기 위해 인출한 게 58억 6,000만 원이다.

많은 비용이 들 것으로 예상된 녹음실 장비는 모두 아일랜드 데프 잼 레코딩스에서 협찬하기로 했기에 Y—엔터 사옥은 6성급 호텔 뺨칠 정도로 으리으리해졌다.

이렇게 사용된 163억 6,000만 원은 도로시가 챙겨놓은 금액의 16만 분의 1도 되지 않는 푼돈에 불과하다.

"흐음! 용처(用處)라……."

나쁜 짓을 했거나 부정한 방법으로 얻은, 그리고 세금을 안 내려고 감춰둔 돈인지라 거둬들이라고 명령을 내렸다.

제국의 황제로 군림하는 동안 불편부당한 꼴을 그냥 보아 넘기지 않던 성품이 그대로 작용한 것이다.

이전엔 모두 국고로 환수하는 것으로 끝났다. 그런데 이번 엔 그럴 수가 없다. 국가 예산의 6.8배에 달하는 거액이 국고 로 들어갈 경우 뒷일은 보지 않아도 훤하다.

부패한 정치인과 공무원, 그리고 그들 곁에 서식하는 양아 치 같은 것들이 작당하여 대부분 먹어치울 것이다.

애써 압수한 것인데 어찌 그런 꼴을 그냥 두고 보고만 있 겠는가!

그렇다 하여 거둬들인 돈을 어떻게 쓰겠다는 계획은 없었 다. 자신의 돈이라 여기지 않은 때문이다.

"어떻게 할까요? 그냥 둬요?"

"아니. 그럴 수는 없지. 돈이란 굴릴수록 커지는 거니 당연 히 굴려봐야지."

"아, 그래요? 그럼 어떻게 하죠?"

도로시의 음색은 몹시 흥미롭다는 듯하다.

"으음! 일단 국내 기업의 주식을 매입하도록 해."

"주식이요?"

"5%이상 매입하면 지분을 공시하도록 되어 있지?"

"한국은 1992년부터 그렇게 되어 있어요."

'5% 룰'은 1968년에 미국에서 시작된 것으로 최초 5%를 취 득한 경우에는 신규 공시를 하도록 법률로 정한 것이다.

이미 5% 룰이 적용된 경우엔 1%의 변동만 있어도 변경 공 시를 하도록 제도화되어있다.

큰손들의 움직임을 명확하게 파악하여 주주들을 보호하고 기업 소유구조에 관한 올바른 정보를 제공하기 위함이다.

"계좌가 많으니 1~2% 단위로 주식을 매집해."

"코스피와 코스닥에 상장된 기업 전부 말입니까?"

"돈 많잖아. 참, 시가총액은 얼마나 되지?"

"오늘 현재 코스피 시가총액은 1,970조 원 정도이고, 코스닥은 205조 정도 돼요."

"어휴! 정말 미친놈들이네."

대한민국 상장기업의 시가총액 합계가 2,175조 원 정도이다. 삼성, 현대, SK, LG, 롯데, 천지, 백두, 태백 등 재벌사 전체와 국민, 우리 같은 시중은행, 그리고 다음, 네이버, NC, 넥슨, 넷마블 같은 업체 등을 몽땅 망라한 금액이다.

그런데 도로시가 1차로 거둬들인 부정한 돈만 2,628조 7,255억 6,952만 원이라고 한다.

상장기업 전부를 사들이고도 453조 7,000억 원이 남는다.

1천만 서울 시민 모두에게 4,537만 원씩 줄 수 있는 거액이다. 4인 가구라면 집집마다 1억 8천만 원씩 줄 수 있다.

이런 돈이 조세피난처 등에 감춰져 있거나 세탁되어 있었다는 뜻이다. 당연히 욕부터 나온다.

Chapter 09
—
또 개입해야 해?

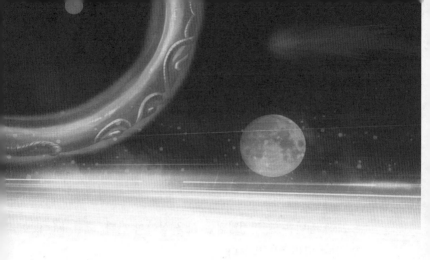

"쓰벌 놈들이네."

현수의 입에서 욕이 나왔다. 거의 2,000년 만의 일이다.

"네?"

"아, 아무것도 아냐."

도로시는 알면서도 모르는 척하는지 깐족거리질 않는다.

"코스피와 코스닥 주식을 몽땅 사들일까요?"

"근데 사고 싶다고 다 살 수 있겠어?"

"물론 아니죠."

"그럼 1~2% 단위로 사들일 수 있는 최대치를 사들여."

"전부 다요?"

"응, 전부."

"분식회계를 하고 있는 부실기업도 있는데요?"

"그런 기업은 경영권이 확보되는 대로 경영진을 물갈이해. 아울러 책임질 일을 한 자들은 처벌 받도록 하고."

이실리프 제국의 국법 중 이런 내용이 있다.

모든 신민은 늘 정정당당한 삶을 살아야 한다. 그렇지 않으면 법에 따라 처벌받는다.

이 조항은 현수가 직접 넣은 것이다.

부정부패를 저질렀거나 불편부당한 일을 해놓고도 떵떵거리며 사는 꼴을 볼 수 없었던 것이다.

그래서 이실리프 제국에선 '절도'나 '강도'보다 '사기와 횡령'을 더 강력하게 처벌한다. 심히 부당하기 때문이다.

사기는 주로 면식범에 의해 저질러진다.

가족, 친지, 동료, 이웃 등이 그 대상이다. 사기를 당할 경우는 금전적 손실도 입지만 마음의 상처 또한 매우 크다.

횡령은 본인이 관여된 기업이나 모임 등에서 벌어진다.

기업이나 모임도 손실을 입지만 동료들에게 마음의 상처를 입힌다. 그렇기에 '사기'와 '횡령'은 '살인'에 준하는 처벌을 가한다.

참고로, 국가별 범죄순위 통계는 다음과 같다. 이는

WHO(세계보건기구) 휘하 기관에서 조사한 결과이다.

	1위	2위	3위	4위
강도	스페인	아르헨티나	미국	남아공
강간	미국	남아공	캐나다	호주
마약	독일	영국	캐나다	남아공
납치	영국	남아공	캐나다	벨기에
폭력	미국	영국	남아공	멕시코
횡령	러시아	**한국**	영국	미국
사기	**한국**	멕시코	남아공	인도

표에 나타나 있듯 한국은 사기와 횡령 범죄가 상당히 많다. 그럼에도 근절되지 않는 이유는 솜방망이 처벌 때문이다.
대한민국의 형법 제347조 ①항은 다음과 같다.

사람을 기망하여 재물의 교부를 받거나 재산상의 이익을 취득한 자는 10년 이하의 징역, 또는 2천만 원 이하의 벌금에 처한다.

그런데 사기를 쳐서 얻은 이익이 5억 원을 넘으면 '사기죄'가 아니라 '특정경제범죄 가중처벌법'의 적용을 받는다.
5억 이상, 50억 원 미만은 3년 이상의 유기징역이다.
변호사만 잘 구하면 50억 원을 사기 치고도 고작 3년만 살다 나올 수 있다는 뜻이다.

이득액이 50억 원 이상이면 5년 이상, 또는 무기징역에 처하도록 되어 있다.

단군 이래 최대라는 '사기사건'이 있다.

2004~2008년까지 4년간 7만여 명으로부터 무려 5조 원이나 투자를 받아 이 중 엄청난 액수를 가로챈 사건이다.

언론 보도에 따르면 최소가 2,900억 원이다. 이를 현재의 가치로 따지면 실로 어마어마한 액수가 될 것이다.

당연히 무기징역을 받아도 부족하다.

그런데 범인은 아무런 처벌도 받지 않았다. 검찰과 경찰 일부를 매수하여 지나로 밀항한 때문이다.

그곳에서 공장과 식당 운영을 했으며, 이따금 찾아온 한국 경찰관과 골프를 치고 술도 마신 것으로 보도되었다.

어떻게 살았는지 충분히 짐작된다.

몇 년이 지나도 관심이 식지 않자 심근경색으로 사망하였다며 장례식 동영상을 공개했다.

검찰은 기다렸다는 듯 '공소권 없음'으로 사건을 종결지었다. 수많은 피해자가 피눈물을 흘렸지만 아무런 처벌도 받지 않고 끝난 것이다.

이래서 떡검이라 하는 것이고, 참으로 개탄스런 일이다.

대한민국은 허술하지만 이실리프 제국은 아니다. 지구 아니라 달이나 화성에 숨어 있어도 잡아다 처벌했다.

제국에는 공소시효라는 게 없어서 목숨이 붙어 있는 한 지은 죄에 대한 대가를 반드시 치르게 하였다.

사기와 횡령도 예외는 아니다.

고문을 하지 않아도 자백의자에 앉기만 하면 사기수법과 공범이 누구인지, 얼마를 갈취했는지, 그리고 은닉해놓은 금품이 어디에 있는지 다 밝혀진다.

연후에 처벌을 내렸는데 가장 강력했던 것은 중노동형에 이은 작두형이다.

중노동은 육체적인 고통을 주기 위한 일이다.

예를 들어, 막장에서 광석을 캐내는 등의 일이다.

죄수들에겐 곡괭이와 망치, 그리고 삽, 삼태기 등만 제공된다. 작업의 편이를 제공할 의도가 전혀 없다.

오전 6시에 기상하여 간단한 아침을 먹고 곧바로 노동 현장에 투입된다. 55분 작업 후 5분간 휴식이다.

정오가 되면 30분간 점심식사를 한다. 밥과 국, 그리고 세 가지 반찬이 제공된다. 식사 후 6시까지 작업을 하고 나면 저녁 식사가 제공된다. 그러곤 10시 취침이다.

이전의 지위 고하와 관계없이 모든 죄수는 동일한 강도의 작업을 한다. 당연히 1년 365일 매일 중노동을 한다.

죄수들에겐 설날이나 추석 같은 명절이 없으며, 주말이나 국경일 또한 아무 의미 없는 날이기 때문이다.

어쨌거나 중노동형을 다 치르고 나면 몸을 움직일 수 없는 형틀에 묶어놓고 발가락 끝부터 1㎝ 단위로 썰어버리는 형벌을 받게 된다. 이게 바로 작두형이다.

공포와 통증, 그리고 실혈로 인한 쇼크사를 막기 위해 통증저감 마법과 힐(heal) 마법이 구현되고, 인조혈액이 공급되는 가운데 실시된다.

잘못했다며 살려달라며 애원하지만 어림도 없는 일이다.

죄를 뉘우친다 해서 피해자들의 마음의 상처가 사라지는 것은 아니기 때문이다.

대부분 무릎이 썰릴 즈음에 죽는다.

이렇게 죽은 자들의 시신은 분쇄기로 갈아버렸다. 그러곤 분뇨처리장에 버렸다. 똥, 오줌과 섞이게 한 것이다.

시신조차 남길 수 없는 강력한 처벌이기에 이실리프 제국에서는 사기와 횡령 범죄가 극히 드물었다.

"참, 주식을 사들이되 우선적으로 매입할 기업이 있어."

"우선적인 기업이요? 어떤 기업이죠?"

"IMF 시절에 외국으로 돈을 빼돌린 모든 기업이야."

구제금융 기간은 1997년 12월 3일부터 2001년 8월 23일까지이다. 결제할 달러가 부족해서 허덕이던 시기에 몰래 돈을 빼돌린 것들부터 혼내주려는 의도이다.

"전부요?"

"그래, 전부."

크게 고개를 끄덕인 현수는 단호한 표정이다.

"혼내주고 싶으신 게 폐하의 뜻이라면 기업들을 흔들어보는 건 어떨까요?"

"기업을 흔들어? 어떻게?"

"2015년 연말을 기준으로 국내 30대 그룹의 사내유보금이 얼마나 되는지 혹시 아시나요?"

"사내유보금? 재무상태표상 자본 항목의 자본 잉여금과 이익 잉여금을 편의상 합쳐놓은 것?"

"네! 기업의 매출에서 쓰고 남은 이익금을 동산이나 부동산의 형태로 쌓아둔 금액인 거죠. 거의 대부분 금융자산과 현금성 자산, 그리고 그룹 지배구조를 이루는 관계기업 투자자산으로 구성되어 있어요."

"근데 그게 왜? 많은가?"

"네. 2015년 연말 통계를 보면 30대 재벌의 사내유보금은 761조 4,500억 정도예요."

"헐! 그렇게나 많아?"

모든 상장사를 사들이는 데 필요한 자금이 2,175조 원 정도라 하였다. 그것의 35%가 투자되지 않고 있다는 뜻이다.

"많지요. 제가 파악한 바에 의하면 현재의 재벌들은 국가 전체를 수탈해 부(富)를 쌓고 있어요."

도로시는 방금 수탈(收奪)이라는 표현을 썼다. 이는 '강제로 빼앗다', 또는 '착취(搾取)하다'라는 의미의 어휘이다.

같은 맥락의 말로 '약탈(掠奪)'이 있다. 노략질[21] 해서 빼앗는다는 뜻이다.

이 밖에 '가렴주구(苛斂誅求)'라는 표현도 있다. 가혹하게 세금을 거두거나 백성의 재물을 억지로 빼앗는다는 말이다.

모두 좋지 않은 의미를 담고 있는 어휘들이다.

그렇기에 현수의 눈동자가 반짝인다. 공정하지 못한 것을 두고 보지 못하는 성격 때문이다.

"그래?"

"그건 그야말로 노동자와 민중의 피와 땀과 눈물이에요. 그리고……"

잠시 도로시의 말이 이어졌다. 다음이 그 내용이다.

대한민국의 재벌 체제는 국가의 모든 자원을 오직 재벌과 총수 일가의 사익을 위해 동원하고 있다.

불법으로 비정규직을 양산하고, 노동조합을 파괴하고, 불법으로 위험공정을 외주화하고, 유해물질을 사용해도 처벌은 커녕 조사조차 받지 않고 있다.

전체 사내유보금의 8% 정도인 62조 원만 있으면 모든 노동자의 최저임금을 1만 원으로 올리는 것이 가능하다.

그럼에도 재벌들은 노동자의 임금인상에 관해 지독하다 할

---

21) 노략질(擄掠-) : 떼를 지어 돌아다니며 사람을 해치거나 재물을 강제로 빼앗는 행위

정도로 보수적인 태도이다.

　잠시 도로시의 말을 듣고 있던 현수가 고개를 들었다. 눈빛엔 살벌함이 담겨 있다.

　"조금 전에 기업들을 흔들어보겠다고 했지? 어떻게?"

　웬만하면 가납하겠다는 의미의 말이다.

　"얼마 후면 슈퍼노트로 인한 환란이 벌어질 거예요."

　"정교한 위조지폐 말이지?"

　"네. 어차피 벌어질 일이니 조금 일찍 발생하게 해서 기업들을 흔들어보겠다는 뜻이었어요."

　"흐음! 그건 달러화의 가치 폭락으로 인한 거잖아."

　"2016년 현재 미국은 세계 최강대국이고, 기축통화를 발행하는 국가예요. 미국이 흔들리면 세계경제가 같이 흔들리게 되어 있는 거 아시죠?"

　현수는 아주 오래된 기억을 더듬어보았다.

　이실리프 제국이 번성하던 시기의 미국은 변방의 그저 그런 나라로 찌그러져 있었다. 패권을 놓치지 않으려고 끝까지 반항하다 작살 난 결과이다.

　그때 여러 나라로 갈리게 되었고, 국경 분쟁으로 여러 번 전쟁을 일으키다 공멸해 버렸다. 그 결과 북아메리카 대륙 전체가 이실리프 제국의 영토가 되었다.

　하지만 현재의 미국은 최강대국 위치를 공고히 하고 있다.

"그래, 지금은 그렇겠지."

"게다가 그 위조지폐를 누가 만드는지 아세요?"

"그건…, 북한 아닌가?"

자연스레 떠올린 기억이다.

"에이, 슈퍼노트를 만드는 건 결코 쉬운 일이 아니에요. 슈퍼노트를 만들려면 말이죠. ……."

잠시 도로시의 음성이 계속 이어졌다.

슈퍼노트를 제작하려면 지폐제작용 특수 용지가 필요하다.

이걸 제조하려면 면화와 아마를 75 대 25의 비율로 섞어서 제작하는 특수 기술이 있어야 한다.

게다가 그 얇은 용지에 플라스틱 재질의 폴리머를 사용할 정밀한 인쇄기술 또한 있어야 하며, 식별용 음화가 정교하게 들어가게 할 초정밀 특수기술 또한 필요하다.

그런데 현재의 북한엔 그런 기술이 없다. 따라서 슈퍼노트를 북한에서 제작했다는 건 개소리이다.

                    *   *   *

조만간 슈퍼노트를 만들어낼 곳이 소문과 달리 북한이 아니라는 설명을 모두 들은 현수가 반문했다.

"그럼 누가 만들어? 설마 미국에서 만들어?"

이건 분명 농담이다.

"왜 아니겠어요. 미국이, 그것도 미국 내 유태인들이 만들어요. 자신들의 이익을 극대화하기 위한 처사지요."

"끄응! 빌어먹을 유태인 놈들."

이전의 삶에서도 지독하게 미워하던 민족이다. 이들을 말살시키기 위해 이스라엘 전역에 운석 공격을 퍼부었다.

두 번의 공격으로 720만 명 정도가 목숨을 잃었다.

790만 인구 중 91.14%가 죽은 것이다. 나머지는 아랍연합군에 의해 철저하게 제거되었다.

다음엔 전 세계에 퍼져 있는 유태인들 하나하나를 파산시키는 노력을 기울였다. 그리고 유태민족의 유전자를 가지면 임신하지 못하도록 했다.

그 결과 완전히 멸족되었다.

그런데 그 지긋지긋한 유태인 놈이 또 세계를 상대로 한바탕 양아치 짓을 하려는 움직임을 보인다고 한다.

"어떻게 할까요?"

"그게 나오면 세계적인 혼란이 빚어진다고?"

"네. 1929년에 발발한 대공황과 1987년 10월에 있었던 블랙 먼데이 못지않은 혼란이 발생될 거예요."

"블랙 먼데이? 월 스트리트에서 하루 만에 주가가 22.6%나 빠진 거 말하는 거지?"

"네. 이번에 출현할 슈퍼노트는 아주 큰 충격파를 던지게 될 거예요. 세계가 하나로 움직이고 있으니까요."

"흐으음! 하나로 움직인다라 ……"

현수는 턱 밑을 쓰다듬었다. 뭔가를 생각하는 것이다. 하지만 시간은 길지 않았다.

"주가가 22.6% 이상 빠질 거란 말이지? 확실해?"

"제 계산으론 최고 63.2%까지 빠질 거로 예상돼요."

"흐음! 그렇다면 더 확실하게 흔들어줘야지. 도로시, 연방준비은행과 포트 녹스에 금괴 보관된 양을 확인해 줘."

현수의 말이 떨어짐과 거의 동시에 도로시가 보고한다.

"2016년 3월 현재 FRB 지하 보관소에 8,022.35톤, 포트 녹스엔 7,056.21톤이 보관되어 있습니다."

"뭐야? 뭔 대답이 이렇게 빨라?"

"위성 가동과 동시에 전 세계 컴퓨터의 자료가 다 파악되었으니 당연한 거 아닌가요?"

"끄응! 그건 그렇지."

"근데 그건 왜요? 예전엔 폐하께서 마법으로 가져오셨지만 이번엔 안 되잖아요."

"마법을 못 쓰는 대신 도로시가 있잖아."

"말씀만 하세요."

뭐든 지시만 하면 그대로 이행하겠다는 뜻이다.

"FRB와 포트 녹스의 보관소 잠금장치를 장악해."

"폐하의 명이 떨어지기 전까진 열지 못하도록 하라는 말씀이신 거죠?"

역시 하나를 말하면 둘 또는 그 이상을 이해한다.

"그래. 이 시간 이후엔 넣을 수도 꺼낼 수도 없도록 해."

금의 실물거래를 차단하겠다는 의도이다.

"다음은요?"

"미국 내 은행 전산망 장악 가능하지?"

"그건 이미 되어있어요."

아주 여유로운 음성이다.

"증권거래소 전산망도?"

"당연하신 말씀입니다."

"좋아, 슈퍼노트로 세게 흔들어. 주가 낙폭을 더 떨어뜨려서 우리가 가진 자금으로 국내 증시를 싹 쓸어 담아."

"네, 지시대로 합니다."

누군가 그랬다. 관객은 대형을 좋아한다고.

도로시의 음성에서 신나하는 게 느껴진다. 앞으로 일어날 일이 심히 흥미진진할 것이라는 예상 때문이다.

"남는 자금은 어떻게 할까요?"

"가상화폐는 어떻게 했어?"

"지금도 쓸어 담고 있는 중이에요. 비트코인의 경우는 현재까지 발굴된 양의 80% 정도를 사들였어요. 나머지도 거의 비슷하구요."

"그래? 그럼 그건 그만 사들여. 거래가 돼야 값이 오르든지 할 테니까."

"네, 지시대로 합니다."

"국내 증시가 폭락하면 자금이 많이 남지?"

"코스피와 코스닥 시가총액 합계는 현재의 42.76% 정도로 폭락할 거예요. 2,175조 원이었는데 930조 원 정도로 찌그러지는 거죠. 이걸 다 사도 1,700조 원쯤 남아요."

"서민들도 피해를 입겠지?"

현수의 음성엔 안타까움이 섞여 있다.

"아마도 그럴 거예요. 주식에 투자한 사람 모두가 손해를 보게 되겠지요. 근데 그건 할 수 없는 거예요. 슈퍼노트가 출현하면 어차피 벌어질 일이니까요."

"그래, 그건 할 수 없지. 참, 남은 돈으론 풋 옵션 선물 거래를 해봐. 풋 옵션이 뭔지는 알지?"

"당연하죠. 근데 그럼 지구촌 경제가 완전히 망가져 버릴 수도 있어요."

명령을 받은 이상 최대한의 이익이 남도록 옵션을 걸게 될 것이다. 그런데 투입금액이 너무 크다. 자칫 세계경제를 한순간에 붕괴시킬 수 있음을 지적하는 말이다.

"끄응! 그럼 2,000조 원 정도만 벌어봐."

"그건 가능합니다. 그런데 기간은요?"

"앞으로 1년이면 될까?"

"충분하고도 남아요. 알았습니다. 지시대로 합니다."

또 신난 목소리이다.

"참, 이번에 주식을 매입할 때 기업주, 또는 가족 등이 갑질하는 기업의 주식을 최우선적으로 매입해."

"이유는요?"

"얼마 되지도 않는 지분으로 그룹 전체를 소유한 양 거들먹거리며 전횡(專橫)을 부리는 꼴은 못 보니까."

"네, 알겠어요."

"그리고 또 있어."

"네, 말씀하세요."

마치 메모할 준비가 된 비서의 음성 비슷하다.

"외국에 비자금을 빼돌려 놓은 모든 기업!"

"혹시 이유를 말씀해 주실 수 있으신지요."

"비자금을 만든 건 '국가와 국민을 대상으로 사기'를 친 거야. 그리고 그걸 빼돌린 건 '마땅히 내야 할 세금을 내지 않고 횡령'한 것과 같지. 이런데 어떻게 봐줘?"

국가와 국민 전체를 상대로 사기와 횡령이란다. 도로시는 우려 섞인 음성으로 대꾸했다.

"혹시… 제국의 법으로 다스릴 생각이세요?"

관계자 전원을 발끝부터 예리하게 날이 세워진 작두로 자르겠느냐는 뜻이다.

"아냐. 여기선 황제가 아니니 그건 못 하겠지. 대신……."

잠시 현수의 말이 이어진다.

주식을 매입하여 경영권이 확보되면 그 즉시 주주총회를 열어 총수 일가와 그에 빌붙어 딸랑거리는 임원 및 직원 전원을 잘라낸다. 그러는 동안 그간 빚어진 모든 불법행위에 대한 조사를 실시한다.

그리고 총수 일가 및 떨거지들이 쫓겨나는 순간 회사에 입힌 손실에 대한 손해배상을 청구한다.

빼돌려 놓은 돈 전부를 도로시가 챙겨놨으니 보유 부동산을 모두 처분해도 부족할 것이다. 워낙 거액이기 때문이다.

외국으로의 도주는 불가능하다. 도로시가 '출국 금지 명단'을 조작할 것이기 때문이다.

그렇게 무일푼으로 만든 후 그들이 저지른 행위를 일목요연하게 작성하여 검찰과 경찰, 그리고 언론사로 송부한다.

누구도 부인하지 못할 완벽한 증거가 당연히 첨부된다.

더 이상의 돈이 없다면 본격적으로 지은 죄에 대한 대가를 치르도록 하려는 것이다.

여기까지 말했을 때 도로시가 끼어들었다.

"폐하, 근데 문제가 있어요."

"문제? 무슨 문제?"

현수는 자신이 한 말을 되짚어봤으나 모순이나 어폐가 없다. 하여 어리둥절한 표정이다.

"아무리 명확한 증거를 들이밀어도 수사단계에서 부패한

'견찰'이 제대로 된 확인작업을 하지 않을 겁니다."

"……!"

"그리고 떡값을 받아 처먹은 '떡검'이 학연, 지연, 혈연 등의 사유로 칼날을 제대로 휘두르지 않을 겁니다."

"그럴까?"

"틀림없이 그럴 겁니다. 지금의 한국은. 그리고……."

"그리고?"

"사정(查正)의 칼날이 제대로 휘둘러지는지 여부를 감시하고 국민들에게 사실을 알려야 할 의무가 있는 언론사 거의 모두 쓰레기급이에요."

"모든 언론사가 쓰레기라고?"

"아뇨. 전부는 아니구요, 상당히 많은 곳이 국민들이 '기레기'라고 부르는 기자들이 우글거리는 복마전이에요."

"기레기? 아, '쓰레기 같은 기자'라는 말이지?"

"솔직히 말씀드려요?"

"솔직히? 뭘?"

"기레기, 떡검, 견찰 등등에 대한 거요."

이실리프 제국의 경찰은 수사하여 범인을 체포하는 일을 전담한다. 두뇌도 뛰어나야 하며 체력도 뒷받침이 되어야 한다. 하여 공정한 시험을 치르게 하여 뽑는다.

검사와 판사는 따로 시험을 치르지 않고 유관업무에 종사하던 공무원 중 인격에 흠 없는 자를 골라 임명한다.

굳이 두뇌가 뛰어난 사람이 필요한 것이 아니고, 혹시라도 부정부패가 발생할 것을 불식시키기 위함이다.

그렇게 5년을 근무하면 원래의 업무로 되돌려보낸다.

아무튼 경찰이 범인을 체포해 오면 검사는 '언제나 진실만 말하게 하는 마법의자'에 앉혀놓고 질문을 한다.

첫 질문은 범죄행위 확인이다.

이때 진범 여부가 확정된다. 범인임이 특정되면 매뉴얼에 따른 후속 질문이 이어진다. 이 매뉴얼은 인공지능에 의해 작성되므로 허술한 구석이 없다.

그 결과 사건의 전모가 파악되고, 공범 여부를 확인할 수 있으며, 사전 정황도 알 수 있고, 범행도구 은닉위치 등도 모두 밝혀진다.

검사가 이를 바탕으로 기소하면 재판이 열린다.

피고를 위한 변론은 누구나 할 수 있다. 굳이 변호사가 아니더라도 가능하다. 변호인은 최대 두 명이다. 진범인 것이 확인된 이상 쓸데없는 시간 낭비를 없애기 위함이다.

판사는 해당범죄에 대해 법률로 정해놓은 '범죄별 형량 일람표'에 따른 선고를 한다.

이때 성별, 나이, 재산 정도, 학력, 직업, 사회적 지위 등은 모두 무시되며, 모두가 동일한 형을 선고받는다.

다시 말해 유전무죄, 무전유죄라는 말이 나올 수 없다. 그리고 전관예우 같은 건 하지도 않는다.

그릇되거나 편파적인 형을 선고할 경우 판사 본인이 법정에 서야 하기 때문이다. 그 결과 판사 본인의 나이가 몇이든 징역 50년형이 선고된다. 예외는 없다.

형량은 지극히 산술적으로 정해진다.

예를 들어, 사기로 남의 돈 1천만 원을 편취했을 경우 '중노동 3년+10년 징역형+배상금 3천만 원'이다.

1억 원이라면 각각의 형량 곱하기 10이다.

→ 중노동 30년+100년 징역+배상금 3억 원.

이러니 굳이 똑똑한 사람을 뽑을 필요가 없다.

검사는 문자를 읽을 수 있을 정도면 되고, 판사는 산수 능력만 있으면 가능하다는 뜻이다.

어쨌거나 '동일범죄 동일형량'이 원칙이다. 이전의 지위 고하와 건강상태 등이 전혀 고려되지 않는다는 뜻이다.

재벌 총수, 혹은 고위 공직자였다고 해서 집행유예로 풀어주는 등의 일은 상상도 할 수 없다.

가석방과 집행유예라는 제도가 아예 없기 때문이다.

벌금형으로 그치는 것도 없다. 나라가 가난하지 않으니 굳이 돈을 내라고 할 필요가 없는 것이다.

아무튼 범죄가 여러 가지라면 각각의 형량이 다 더해진다.

예를 들어, 11명이나 되는 여성을 납치하여 강간하고 살해한 범인이 있었다.

재판 결과 범인에겐 11번의 납치, 고문, 모욕, 강간, 살해,

절도죄가 더해진 형이 선고되었다. 여성들의 지갑에 있던 돈을 꺼내 써서 절도죄가 추가된 것이다.

형량의 총합은 33년간 막장 중노동과 33,000대의 채찍형, 그리고 330년간 독방 투옥이다. 아울러 재산 몰수였다.

33년간 중노동을 한 이후에도 매일 10시간씩 농사일을 해야 했다. 스스로 먹을 것을 생산해야 하기 때문이다.

그렇다 하여 평범한 농사일은 결코 아니다. 사탕수수 수확과 같이 육체적으로 몹시 힘든 것만 골라서 시켰다.

자살하고 싶어도 24시간 따라다니는 감시의 눈이 있기에 불가능했고, 몸이 아파서 빠지고 싶어도 훌륭한 마법 덕분에 아플 수도 없었다. 그래서 죽는 날까지 일을 했다.

그리고 몰수된 재산은 피해자 가족에게 균등 지급 되었다.

미치고 팔짝 뛰고 싶었겠지만 자비는 결코 내려지지 않는다. 현수를 제외한 어느 누구도 사면(赦免)[22] 과 복권(復權) 권한이 없기 때문이다.

참고로, 현수는 사면권을 행사한 적이 한 번도 없다. 죄를 지었으면 처벌받는 것이 마땅하다 생각한 것이다.

이실리프 제국이 추구한 것은 모두가 '정정당당하고 양심적인 삶을 살라'는 것이었다.

일할 의욕만 있으면 누구나 쉽게 취업이 되고, 물가는 엄청

---

22) 사면(赦免) : 국가원수의 특권으로 범죄인에 대한 형벌권의 전부 또는 일부를 면제하거나 형벌로 상실된 자격을 회복시켜 주는 행위

싸다. 그리고 단 한 푼도 세금으로 걷지 않는다.

게다가 매우 저렴한 비용으로 주거공간을 임차할 수 있다. 이는 신청만 하면 예외 없이 제공된다.

현재의 대한민국을 기준으로 본다면 32평짜리 신축 아파트의 월 임대료가 불과 10만 원이다.

전기는 무료이고, 상하수도 요금은 월 1,000원 수준이다. 사용자 부담 원칙에 따른 비용이다.

2016년 현재 7~8평짜리 원룸 월 임대료는 대략 50만 원이다. 이 밖에 관리비 5~6만 원, 전기, 상하수도, 가스요금은 별도이다. 최하 60만 원 정도가 필요하다.

그런데 제국에선 32평 아파트를 유지하는 데 월 10만 1천 원만 있으면 된다.

Chapter 10

—

황제의 자비

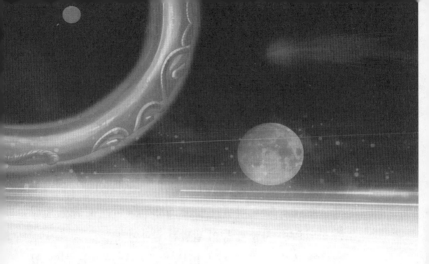

식료품 가격은 믿을 수 없을 정도로 저렴하다.

계란 한 알의 가격은 10원이고, 쌀 20kg은 1,750원이다. 쇠고기 한 근에 200원이고, 돼지고기는 150원이다.

우유 1리터가 10원이고, 버터 1kg은 150원이다. 이것은 모두 2016년 대한민국의 화폐가치로 환산된 것이다.

이실리프 제국엔 인플레이션이나 디플레이션이 없으므로 사실상 고정된 가격이다.

거둬들이는 세금은 하나도 없고, 누구나 취업을 할 수 있으며, 주거비용은 저렴하고, 먹고사는 데 아무런 스트레스도 받지 않게 해준다.

왕따나 진학 경쟁 같은 것도 없고, 징병제도 아니다. 그러니 착하고 양심적으로 살라고 강요할 수 있었던 것이다.

처음부터 범죄자가 하나도 없던 것은 아니다. 하지만 세월이 흐르면서 유토피아에 가까운 세상이 구현되었다.

나중엔 경찰 조직의 80%가 구급대로 편입되었다가 그마저 봉사활동 조직으로 바뀌었다. 범죄자가 줄어들고 화재 발생 또한 줄었으며, 치료제 등이 발달된 결과이다.

검사와 판사는 그 숫자가 10분의 1 이하로 줄어들지만 업무 강도는 변화하지 않았다. 사소한, 그리고 의도하지 않은 실수 이외엔 범죄 자체가 크게 줄어든 결과이다.

"도로시는 현재의 기레기와 떡검, 그리고 견찰 등을 어떻게 했으면 좋겠어?"

"어쩌긴요, 기레기 먼저 솎아내고 떡검과 견찰들도 제거해야지요. 가장 먼저 솎아내야 할 사회악이니까요."

"허어, 그냥 싹 다 죽이자고?"

"고름은 결코 살이 안 되잖아요. 특히 대한민국의 기레기들은 진짜 구제불능이에요. 없애는 게 제일 좋아요."

"그래? 조금 과격하네."

도로시의 면모를 다시 생각해볼 만큼 과격했다.

"사실 기자라 불릴 수 없는 떨거지들이거든요."

"그런가?

"뭘 망설이세요? 불가능한 일도 아니잖아요."

"좋아, 어떻게 하자는 거지?"

"YG—4500이 내려오기만 하면 가능해요."

문득 떠오르는 상념이 있다.

안드로이드는 굳이 호흡을 하지 않아도 되며 체온도 유지할 필요가 없다. 당연히 아무리 가까이 다가가도 기척을 느낄 수 없을 것이다.

게다가 눈에 보이지도 않으며, 무엇이든 부술 수 있고, 엄청나게 빠르게 움직일 수 있다. 잠도 안 잔다.

충분히 암살자 노릇을 할 수 있다.

"혹시 투명은신 마법을 써서?"

"그럼 YG—4500 한 기당 매일 20명 이상을 지옥으로 보낼 수 있을 거예요."

9기의 위성이 궤도에 올라 있으며 각각 하나씩 안드로이드를 제작하여 내려 보내라고 하였다.

기레기들이 여기저기 흩어져 있다 해도 한반도는 그리 넓지 않다. 각각의 안드로이드는 마하의 속도로 비행 가능하니 충분히 가능한 일이다.

모여 있다면 훨씬 더 많이 제거할 수 있을 것이다.

"근데 내가 마법진을 활성화시킬 수가 없잖아."

"아, 그렇군요. 제가 잠시 깜박했어요."

도로시의 인공지능은 딥 러닝을 통해 나날이 발전하는 듯하다. 어떤 때는 인간과 대화하는 느낌이 들기도 한다.

그렇기에 혼자 있어도 심심하지 않았다.

이처럼 허술할 때가 가끔 있어서이다. 현수는 도로시가 일부러 그러는지 아닌지 의심하는 중이다.

어쨌거나 문제점이 발견되었다.

"그치?"

너도 깜박하는 게 있느냐는 억양이다.

간혹 놀림을 받으니 너도 당해보라는 의도도 있고 친밀감 유지 때문이기도 하다.

"폐하."

"왜?"

"예전에 연구하신 '더블서클 이론' 잊지 않으셨죠?"

아마도 이 말을 꺼내기 위한 떡밥이었던 듯하다.

인간과의 대결에서 연이어 승전해서 세계적으로 유명해진 '알파고'와 바둑을 두면 100전 100승할 도로시이니 허술하고 싶어도 그럴 수 없는 것이다.

"더블서클 이론?"

마법의 조종인 드래곤은 드래곤하트가 있고, 현수는 그보다 더 성능 좋은 휴먼하트를 가지고 있다.

그리고 드래곤의 그것보다 훨씬 고효율인 마나 배열을 사용한다. 그래서 용언마법보다 더 즉각적이고 효과적이며, 더 정교하고, 더 광역인 마법을 구사할 수 있다.

하지만 나머지 마법사 전부는 서클 마법을 사용한다.

아르센 대륙의 백마법사나 마인트 대륙에 존재하던 흑마법사 모두가 그러했다.

현수는 일선에서 물러나 무료한 나날을 보내던 어느 날 백마법과 흑마법의 차이에 대한 연구를 시작했다.

똑같이 마나 서클을 형성시켜 마법을 구현시키는 데 무엇이 다른지 궁금했던 것이다.

마법사 특유의 호기심이 작용한 것이다.

결과부터 말하자면 백마법사와 흑마법사의 마나 서클엔 미묘한 차이가 있었다.

이것 때문에 5서클 이하 백마법사는 흑마법을 배워도 써먹을 수가 없었다. 이건 흑마법사도 마찬가지였다.

하지만 6서클이 넘어가면 가능했다.

대등한 것은 아니고 상대 마법 중 두 수준 아래인 4서클 마법까지 구현 가능했다. 백마법과 흑마법 모두 동일했다.

8서클이 되어도 그러하지만 9서클 마스터가 되면 상대방의 8서클 마법까지 구사할 수 있다.

그러다 10서클이 넘어서야 비로소 백마법과 흑마법의 구애를 받지 않게 되는 것이다. 당시의 현수는 이미 10서클을 넘은 상태인지라 둘 다 마음대로 구사할 수 있었다.

대체 무엇 때문인지 연구를 거듭한 결과 마나 호흡을 통해 링을 이루게 되는 서클의 미묘한 성분 차이가 만들어내는 결과라는 것을 알아냈다.

그 과정에서 마나에도 여러 성분이 있음을 알게 되었다.

교파(敎派)마다 각기 다른 효과를 내는 '신성력'도 마나의 범주에 들었다. 그런데 치유와 대지의 축복 등에 쓰이는 신성력이 서로 미묘하게 달랐다.

또한 정령력이 마나의 다른 모습이라는 것도 알게 되었다.

숲의 여신으로 진화한 아리아니의 가호나 축복 또한 마나의 또 다른 모습이었다.

이러한 차이점을 파악한 현수는 휴먼하트에 담긴 마나를 각기 다른 성격을 가진 마나로 변형시키는 공부를 했다.

그 결과 각종 신성력과 정령력을 구현시키는 데 성공했다. 그런데 어디에 발표하고 말고 할 성과는 아니었다.

현수가 아니면 이해하지도 못하고 설명할 수도 없으며 구현할 수도 없기 때문이다.

하지만 세상의 이치를 서너 꺼풀쯤 벗겨내는 대단한 발견이고 성취라는 것만은 분명했다.

이는 10번의 르네상스와 10번의 산업혁명이 한꺼번에 일어난 것과 같으며, 6개 분야 노벨상[23] 과 15개 수학상[24] 을 동시에 수상하는 것과 같다.

---

23) 6개 분야 노벨상 : 물리학상, 화학상, 경제학상, 문학상, 평화상, 생리의학상
24) 15개 수학상 : 필즈상, 울프상, 크라푸르드상, 콜상, 스틸상, 오스트로브스키상, 교토상, NAS상, 폰노이먼상, 사터상, 미국과학상, 파이잘상, 버그만상, 버코프상, 노버트위너상

다음엔 평범한 마법사들이 백마법과 흑마법을 동시에 성장시키는 방법을 연구했다.

순수한 연구일 뿐 누군가에게 전수할 목적은 아니었다.

연구 결과 서클 링을 이중으로 생성시키는 마나심법을 창안했다. 기존의 링과는 다르고 서로 간섭하지도 않는다.

현수는 이를 더블서클 이론이라 명명했다. 도로시는 이를 언급한 것이다.

"흐음, 더블서클이라? 난 휴먼하트인데?"

구(球)와 링이 다르기에 현수가 고개를 갸웃거릴 때 도로시가 대꾸한다.

"가능하지 않을까요? 현대그룹의 창업자인 故 정주영 회장이 자주 쓰던 말이 있어요."

"현대그룹 정주영 회장이 한 말? 뭔데?"

"'해봤어?'라는 말이에요."

"그건 무슨 뜻으로 한 말이지?"

"'용감하게 도전해라. 그것도 무모할 정도로'라는 의미의 말이었다고 해요."

현수는 잠시 생각을 해보았다.

자신의 심장은 두 개의 마나 비늘로 감싸여 있다.

전면은 골드 드래곤 '켈레모라니'의 것이 반구형으로 자리 잡았고, 배면엔 실버 드래곤 '쿠리마드리안'의 것이 있다.

후자는 현수가 직접 만들었고, 전자와 유사한 형태이다.

이것들 모두 드래곤이 1,000년간 마나호흡을 해야 담길 수 있는 고도로 정제된 마나가 담기게 되는 마법진이 그려진 아티팩트이다.

아르센력 2856년 5월 1일에 현수는 마인트 대륙의 흑마법사들과 생사 대결을 벌인 바 있다.

그때 전능의 팔찌에 새겨진 '오토 워프' 마법이 아니었다면 아마도 목숨을 잃었을 것이다. 마나 부족 때문이다.

하지만 이제는 다르다.

마나 비늘 하나로부터 마나가 빠져나가는 동안 다른 하나가 주변 마나를 강력하게 빨아들이기 때문이다. 그래서 무한에 가까운 마나를 공급해 줄 수 있다.

아무튼 두 마나 비늘의 또 다른 기능은 '물리적 충격으로부터 심장을 보호'하는 것이다. 그래서 강력한 파괴력을 가진 대물저격총으로도 피해를 줄 수 없다.

멀쩡한 상태라면 저절로 발생되는 호신강기가 있어 외부의 충격으로부터 신체를 보호한다.

전능의 팔찌로부터 자동 발현 되는 앱솔루트 배리어도 있다. 이 밖에 두 비늘도 앱솔루트 배리어를 형성시킨다.

그 덕에 핵폭탄이 터진다 하더라도 멀쩡하다. 이전에 비해 훨씬 더 강력히 보호하도록 마나 배열을 손본 결과이다.

그렇기에 물리적 충격으로부터 심장을 보호하는 마나 비늘의 효능은 있으나마나 한 것이었다.

하지만 현재 현수의 신체는 멀쩡하지 않다.

그랜드마스터를 넘어선 슈퍼마스터였기에 범인들보다 월등한 신체능력을 보이겠지만 총알이나 폭탄 같은 물리적 공격으로부터 완전히 안전한 것은 아니다.

그렇기에 현재 마나 비늘이 가진 호심갑(護心甲) 역할은 대단히 중요한 상황이다.

어쨌거나 두 개의 마나 비늘은 심장을 감싸고 있고, 그 내부에 휴먼하트가 있다.

도로시는 그것의 외곽에 새로운 서클을 만들어보자고 권유한 것이다. 이곳에서 만들어지는 것이니 생성만 되면 마법을 쓸 수 있게 되리라는 추측의 결과이다.

"흐음! 괜찮은 아이디어네. 해볼까?"

"네, 해보세요. 밑져야 본전이잖아요."

"밑져야 본전? 참, 오랜만에 들어보는 말이네. 알았어."

현수는 지그시 눈을 감고 마나심법을 떠올렸다. 지극히 희박하기는 하지만 주변의 마나가 느껴졌다.

마나가 있기만 하다면 서클을 이루는 건 어렵지 않다. 하여 현수의 입꼬리가 슬며시 올라갔다.

하루 정도면 첫 번째 서클이 만들어질 것이기 때문이다. 그런데 뭔가 좀 이상했다.

"으잉? 왜 이러지?"

마나 호흡에 의해 신체 내부로 들어온 마나는 마땅히 심장

주변을 선회하는 서클을 이루어야 한다.

그런데 그러지 않는다. 들어오는 족족 켈레모라니의 비늘로 빨려들고 있는 것이다.

"아, 그렇군."

마나 비늘은 늘 완충하려는 성질을 가지고 있다. 휴먼하트도 마찬가지이다. 유사시에 대비하여 사용된 마나를 채우려 끊임없이 주변 마나를 빨아들이는 기능이 있다.

서클이 이루어지지 않은 것은 마지막으로 위성을 올리는 등의 마법을 구현시킬 때 사용된 마나를 채우려는 것이다.

"끄응! 시간이 좀 걸리겠네."

"뭐가요?"

"서클을 이루는 거 말이야. 마나 비늘이 완충되기 전까지는 안 만들어질 것 같아."

"아, 그런가요?"

똑똑한 도로시인지라 금방 알아듣는다.

"그럼 기레기 청소는 조금 뒤로 미루죠."

"대신 벌은 줄 수 있겠지?"

"무슨 벌이요?"

"기레기와 견찰, 그리고 떡검의 금융재산 말이야."

현수의 말이 떨어지기 무섭게 도로시가 대꾸한다.

"네, 알겠습니다."

　　　　　*　　　　　　*　　　　　　*

현수의 속내를 훤히 읽었다는 뜻이다.

"놈들의 계좌를 탈탈 털어내겠습니다."

"내전 중인 국가를 이용하라고."

2016년 현재 내전 중인 국가는 시리아, 이라크, 남수단, 예멘 등이 있다. 이런 나라의 은행 계좌로 송금된 돈은 추적이 지극히 어렵다는 뜻으로 한 말이다.

"그건 당연한 말씀이세요."

내전 중인 국가의 계좌로 흘러든 자금은 CIA라 할지라도 추적이 어렵다. 하물며 내전 중인 국가의 계좌들을 여러 번 거친다면 어찌 되겠는가!

A→B→C→D→ ⓐ→ⓑ→ⓒ→ⓓ→ A″→B″→C″→D″→ ⓐ →ⓑ→ⓒ→ⓓ→ A′→B′→C′→D′→ (a)→(b)→(c)→(d) ……

이미 전사한 반군의 계좌, 정부군 장군의 계좌, 고위공직자의 계좌, 반군 지도자의 계좌, 부패한 관리의 계좌, 사망한 정부군 장교의 계좌 등을 거치면 아무도 추적할 수 없다.

초강대국 대접을 받고 있는 미국 아니라 미국 할아비라도 자금 추적이 불가능하다.

이것으로 끝이 아니다.

수십만 개에 달하는 계좌로 흘러든 자금은 실체가 없는 페이퍼컴퍼니 법인계좌, 레드마피아 조직의 계좌, 그리고 각국 정보기관의 계좌 등을 두루 거쳐 간다.

각국 대통령과 수상, 장관과 차관 등의 계좌, 참모총장과 장성들, 그리고 국회의원 등의 계좌도 스친다.

자금이 이체된 직후엔 입금 데이터와 송금 데이터까지 말끔하게 지워진다. 도로시에게 모든 금융기관의 서버까지 좌지우지할 능력이 있으니 가능한 일이다.

대통령으로부터 백수까지 다양한 신분의 계좌로 세계 253개 국가 중 200여 개국을 무작위로 스친다.

미국→러시아→시리아→프랑스→페루→남수단→일본→독일→지나→이집트→예맨→아일랜드→말레이시아 등이다.

이걸 어찌 추적하겠는가!

현수가 내전 중인 국가를 언급한 것은 이렇게 돌리고 돌리는 와중에 끼워 넣으라는 뜻이다.

그러면 더욱 확실할 것이기 때문이다.

"그 돈은 어떻게 할까요?"

"흐음! 일단 'EM 펀드'를 만들어."

"Emperor's Mercy Fund 말씀하시는 거죠?"

"그래."

'황제의 자비'라는 뜻을 가진 이 펀드는 이실리프 제국 내에서만 운용되었다.

주로 어려움에 처한 사람들을 남몰래 도왔다. 자산 100%를 현수가 출연했으며, 운용 액수가 어마어마했다.

누구에겐 혜택을 베풀고 누구에겐 안 베풀 경우 불만이 생길 수 있기에 펀드 운영주체가 누구인지 아무도 모르도록 했다. 심지어 권지현과 강연희 등 아내들도 몰랐다.

펀드 실무자들은 적극적으로 어려움에 처한 신민들을 찾아다녔다. 아무리 복리후생 제도가 잘 갖춰져 있다 해도 사각지대가 있을 것이기 때문이다.

그 덕에 어려움에서 벗어난 신민이 상당히 많아 칭송이 자자하던 자선기금이다.

"호호! 이제부턴 평범한 유희가 아니네요."

EM 펀드를 만들라 했으니 스쳐 지나가듯 아무것도 안 하고 있다가 원래의 세상으로 되돌아가는 것이 아니라 본격적으로 이 세상일에 개입하려는 의미로 받아들인 것이다.

"끄응! 그렇게 되겠지. 하여간 ······."

가만히 있다가 가려고 했는데 이기적인 기업들과 썩어빠진 정치인, 그리고 기레기와 검찰, 떡검이 현수의 심기를 건드린 것이다. 바야흐로 엄청난 변혁이 발생될 듯싶다.

그건 대한민국이 스스로 자초한 일이다.

"시간은 얼마나 줄까?"

"두 시간만 주시면 될 거예요."

모든 국민에 대한 파악도 끝났다는 뜻이다.

"좋아, 실시해."

"네, 폐하."

도로시는 잠시 묵음 모드로 들어갔다.

멀티태스킹이 가능하지만 부여된 임무를 열심히 수행하는 모습을 보이려는 의도이다.

*   *   *

"앨범 작업은 잘되고 있을까?"

지난 며칠 동안 현수는 업무가 끝난 후 구수동 Y—엔터로 향했다. 앨범 제작 때문이다.

그곳에서 기타, 키보드, 드럼, 플루트, 트럼펫, 색소폰, 클라리넷 등의 악기를 연주했다.

모두 마애스트로급으로 익힌 악기인지라 두어 번의 연습만으로도 세션맨 역할을 완벽하게 수행했다.

조연과 엔지니어는 입을 딱 벌린 채 멍한 표정이다. 이런 솜씨가 있는 줄 몰랐던 것이다.

다이안 멤버들은 어젯밤에 귀국했고, 도착하자마자 Y—엔터 사옥으로 왔다. 5층이 숙소이니 당연한 일이다.

현수를 보자마자 두 팔에 매달리며 환호성을 터뜨렸다.

바하마의 멋진 저택과 아름다운 풍광, 그리고 맛있는 음식을 즐길 수 있게 해주어 고맙다는 뜻이다.

그리곤 귀가 따가울 정도로 수다를 떨었다. 지난 며칠간 있었던 일을 재잘거린 것이다.

약속한 대로 음반을 내고 활동을 하다 휴식기가 되면 그곳에 또 가고 싶다고 했다. 물론 흔쾌히 허락해줬다.

넉넉한 계약금 덕분에 마음이 푸근해져서 그런지 멤버들은 전보다 훨씬 더 아름다웠다.

금전으로 인한 마음고생이 심했는데 단숨에 모든 것이 해결되어 그런 듯하다.

서연, 예린 정민, 세란, 연진의 외모는 사뭇 달라졌다.

예전에도 웬만한 걸그룹의 비주얼 담당 정도는 코웃음 치며 씹어 먹을 정도로 예쁘고, 늘씬하긴 했지만 현수의 눈엔 다소 촌닭처럼 보였다.

그런데 지금은 아니다.

리즈 시절의 정윤희, 김태희, 성유리, 송혜교, 손예진 같이 아름답게 반짝이는 모습이다.

이들 다섯은 경쟁적으로 현수에게 잘 보이려 아양을 떨었고, 새침한 모습, 청순한 모습, 섹시한 모습을 보이려 애를 썼다. 덕분에 현수의 눈은 즐거웠다.

다섯 송이 꽃이 서로 자기를 보아달라고, 관심을 가져달라고, 예뻐해 달라고 매력을 발산하니 어찌 안 그렇겠는가!

그러는 내내 도로시의 쫑알거림이 있었다. 물론 멤버들의 귀에는 들리지 않는 쫑알거림이다.

기왕에 이렇게 되었으니 찐하게 연애를 해보라는 것이 그 내용이다. 그리고 기왕이면 다다익선이니 다섯 멤버 전부를 후려보라고 말했다가 현수에게 혼났다.

'도로시, 난 돈 주앙이나 카사노바가 아니라니까.'

'칫! 한번 그래보시면 어때요. 검색해보니까 남자들은 다 부러워하던데요.'

'어허! 그 입 다물라. 안 다물면 묵음 모드.'

'칫! 알았어요. 소녀, 깨갱! 깨갱이옵니다, 폐하!'

어쨌거나 녹음하느라 즐거운 시간을 보낸 현수는 히야신스의 웨이터 역할을 충실히 수행하려 노력했다.

그런데 문제가 생겼다.

이기적이고 후안무치한 맘충들 때문이다.

식사 후 똥 묻은 기저귀를 식탁 위에 놓고 가는 건 예사였다. 먹지도 못할 만큼 많은 음식을 가져다 왕창 남기거나 몰래 준비해 온 봉투에 담아가기도 했다.

바닥에 음식을 쏟아놓고는 벨을 누르더니 왜 빨리 치워주지 않느냐며 소리를 지르고 짜증을 냈다.

아이가 홀을 뛰어다니며 고래고래 소리를 질러도 말리지 않았고, 바닥을 나뒹굴며 울음을 터뜨려도 달래지 않았다.

그러던 어느 날, 한 아이가 다른 손님의 백 속에 끈적이고 향이 강한 음식을 마구 쑤셔 넣는 일이 있었다.

발끈한 손님이 왜 아이 관리를 하지 않았느냐고 항의하자 그런 거 가지고 화내는 거 아니라며 비아냥거렸다.

상대가 가방 못 쓰게 되었다며 물어내라고 하자 성질을 부리며 그까짓 거 얼마 하느냐며 소매를 접었다.

같이 온 일행의 숫자를 믿는지 한번 붙어보겠느냐는 듯 눈을 부라리기도 했다.

피해를 입은 손님이 600만 원짜리 신상이라고 하자 어디서 사기를 치느냐고 소리를 질렀다.

이에 소지하고 있던 백화점 영수증을 보여주었다. 가격도 맞고 구입한 지 이틀밖에 안 된 신상인 게 맞았다.

이때 또 다른 아이 엄마가 나서며 이렇게 물었다.

"아가씨 나이가 몇이야?"

"저요? 스물하나요. 근데 나이는 왜 물어요?"

"이제 겨우 스물하나밖에 안 된 아가씨가 너무 비싼 가방을 들고 다니니까. 근데 얼굴 반반한 걸 보니 몸 팔아서 산 거 같아. 맞지? 그래서 좋아? 그래서 좋으냐고."

불난 집에 휘발유 뿌리는 소리였다.

화가 나 어딘가로 전화를 걸자 10분도 걸리지 않아 중년여인이 나타났다. 피해 입은 손님의 모친이다.

자초지종을 들은 중년여인은 딸에게 몸 팔았느냐는 말을 했다며 소리를 질렀고, 이내 큰 싸움이 벌어졌다.

그러는 동안 문제의 가방은 내팽개쳐졌다. 그리고 싸움 와중에 구둣발에 짓밟혀 엉망이 되었다.

"이까짓 거 물어주면 될 거 아냐. 몇 푼이나 한다고."
"그래, 말 잘했네. 가방 값 내놔. 600만 원!"
"600은 무슨? 그 영수증 가짜지? 어디서 사기를 쳐요?"
"뭐야? 사기? 나이도 어린 게 지금 누구에게…… 야, 이년 아! 너 죽고 나 살자!"

결국 경찰이 출동했고, 모두를 데려갔다.
난리가 벌어진 후의 모습은 한마디로 엉망진창이었다.
식사를 하던 손님 중 일부가 시끄러운 와중에 계산도 하지 않고 나가 버려 매출 손실이 발생했다.
게다가 상당히 많은 접시가 깨졌고, 탁자와 바닥은 쏟아진 음식으로 엉망이 되었다.
뿐만 아니라 의자도 문제이다. 냄새나는 국물이 쏟아져 겉만 세탁해서는 쓸 수 없을 지경이 되었다.
이것으로 끝이 아니었다.
고성이 오가는 시끌벅적한 상황이었기에 예약한 단체 손님들이 다른 곳으로 가버렸다.
또 매출 손실이 발생했다. 게다가 싸움을 벌인 양쪽 모두 계산을 안 하고 연행되어 갔다.

열 받은 사장이 파출소까지 쫓아가서 식대를 요구했고, 다 먹지도 못했는데 무슨 결제냐며 소란이 벌어졌다.

　화가 머리끝까지 난 사장이 무전취식으로 정식 고발을 하고 나서야 식대를 받았지만 오후 장사는 완전히 망쳤고, 못 쓰게 된 접시와 의자 값은 못 받았다.

　다음날 아침 사장은 '노 키즈 존'을 알리는 안내문을 만들어왔다.

　[당 업소는 일부의 무분별한 행위로 다른 손님들에게 피해를 주므로 8세 미만 아동의 출입을 제한합니다.]

　곧이어 홈페이지에 온갖 욕설이 넘쳐났다.

　음식과 서비스, 그리고 시설 모두가 엉망인 곳이니 가지 말라는 허위 사실을 댓글로 남긴 맘충들도 있었다.

　있지도 않은 사건을 그럴듯하게 각색하여 천하에 몹쓸 장소로 만들어놓은 글도 많았다.

　모든 내용을 저장한 사장은 직접 고소장을 작성하여 제출했다. 그러자 한 번만 봐달라며 찾아오기까지 했지만 사장은 단호했다. 더 이상 장사를 못 해도 그만이라며 끝까지 밀고 나간 것이다.

　결국 악성 댓글을 단 맘충들 모두 법적 처벌을 받았다. 집행유예도 있겠지만 대부분이 벌금형일 것이다.

어쨌거나 고소 이후 이상한 일이 벌어졌다.

누군가의 제보로 언론에 보도되면서 히야신스가 '노 키즈 존'이라는 것이 알려지자 오히려 손님이 늘어난 것이다.

호사다마(好事多魔)란 말이 있다. 좋은 일에는 흔히 시샘하듯 안 좋은 일들이 많이 따른다는 뜻이다.

손님들이 늘어난 것을 좋은데 일부가 앙심을 품고 온 맘충과 그 일행이었던 것이다. 물론 아이는 대동하지 않았다.

이들은 까다롭게 음식 타박을 하며 온갖 트집을 잡았고, 서비스가 늦는다며 신경질을 부렸다.

음료는 셀프서비스라는 안내문을 테이블마다 비치해 놓았음에도 물이나 주스, 또는 콜라를 갖다 달라고 요구했다.

그때마다 추가비용을 지불해야 하는 주류가 아닌 각종 음료는 셀프서비스라고 웃으며 응대했지만 그런 게 어디 있느냐며 막무가내로 소란을 피웠다.

그러곤 왜 안 갖다 주느냐고 큰 소리로 불평했다.

현수가 극도의 인내심으로 치솟는 화를 억누르지 않았다면 불친절하다고 지랄했을 것이다.

거의 모든 종류의 음식을 남겨 음식물쓰레기로 만드는 것과 실컷 처먹고 고의로 소란을 피우는 건 예사였다.

그런데 이 모든 난장판을 겪는 건 현수였다.

사장은 입구에서 8세 미만 아동이 들어올 수 없도록 함과 동시에 계산대를 맡고 있고, 주방장과 주방보조는 주방에만 머물기 때문이다.

앙심을 품고 온 맘충과 일행 때문에 나날이 힘이 들었다.

식탁과 의자를 일부러 어지르고, 숟가락, 젓가락, 포크, 나이프, 그리고 음료와 음식물 등을 바닥에 내동댕이쳐 엉망으로 만들어놨기 때문이다.

심지어 집에서 가져온 기저귀를 수북하게 놓고 가기도 했다. 하여 하루에 열두 번쯤 홀 청소를 해야 했다.

이실리프 제국에선 고의적으로 누군가를 힘들게 하거나 마음 상하게 하면 채찍형으로 다스렸다.

채찍 끝부분에 작은 금속조각을 달아서 때릴 때마다 살점이 묻어나올 정도로 강력한 통증을 수반하는 형벌이다.

너무도 아프기에 다시는 같은 일을 반복하지 않겠다고 다짐하게 하는 효과가 있었다.

채찍질 열 대면 상습절도범도 개과천선하고, 마약중독자도 정신을 번쩍 차린다. 음주운전으로 사고를 일으킨 운전자는 아예 술을 끊는다.

다시 당할까 두렵기 때문이다. 참으로 효과적이고 유용한 형벌이었다. 그런데 한국엔 그런 게 없었다.

Chapter 11

—

본격적인 유희

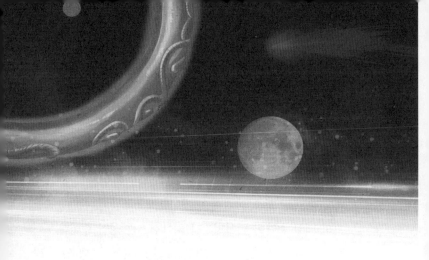

　본인이 사장이라면 손님을 가려서 받으면 되지만 현재는 웨이터 신분이다. 문제를 크게 만들지 않으려면 그냥 견뎌내는 수밖에 없다.

　'끄응! 이건 유희야, 유희! 그러니 참자, 참어!'

　맘충들은 현수의 인내심이 어디까지인지 재보자는 듯 끊임없이 밀려들었고, 자극하고, 떠들고, 난장판을 만들었다.

　그럼에도 아이를 동반하지 않았으니 제지할 방법이 없었다. 사장은 현수가 너무 고생한다며 시급을 올려주기로 했다.

　대한민국의 모든 상장기업을 다 사들이고도 남을 돈이 있는데 고작 시간당 2,000원을 올려준다니 웃기는 일이다.

어쨌거나 맘충과 그 일행을 제외한 나머지 손님들은 이전과 다름없이 조용히 식사와 담소를 나누었다. 그러면서 현수에게 위로의 말을 던지기도 했다.

소란 떠는 것들을 보곤 '배워먹지 못해서 저런다', '부모가 잘못 가르친 거다', '인간성이 틀려먹었다', '하여간 맘충들은 문제다'라는 말 등으로 다독인 것이다.

거의 매일 소란이 빚어지지만 히야신스는 성업 중이다.

갑자기 나타난 훈남 웨이터를 보려는 여대생, 백조, 직장 여성, 젊은 유부녀들이 끊임없이 밀려들었기 때문이다.

키 크고 잘생긴 데다 서글서글하며 친절하고, 영어와 프랑스어를 원주민 수준으로 구사하며, 외국에서 의사 자격증을 취득한 총각이라는 소문이 자자해서이다.

아무리 자주 호출해도 늘 상냥하게 웃으며 응대한 것을 오해했는지 거의 매일 오는 손님도 있었다. 그들은 초콜릿이나 캔디같이 달콤한 주전부리를 건네기도 했다.

이것들 거의 전부 가끔 달달한 것이 당긴다는 주방장의 배 속으로 들어갔다.

어쨌거나 지난 27일엔 '국어능력인증시험'을 치르고 왔다.

현재 외국인 신분이니 의사 예비시험을 치르려면 한국어 실력부터 인정받아야 하기 때문이다.

이건지 저건지 헷갈리는 문제가 꽤 있었다.

현대를 살던 사람이 중세국어를 쓰던 시절로 돌아가 시험을 치른 것보다도 더 긴 세월 차이 때문이다.

분명 2016년 현재 사용되는 한글로 쓰여 있음에도 ㅇ, ㆅ, ㅸ, ㆆ, ㅿ, ㅹ, ㅱ, ·, ㅣ 같은 것들을 본 느낌이었다.

이것들의 공통점은 중세국어엔 쓰였지만 현재는 사용치 않는 것들이다. 하여 당황스러웠다.

하지만 현수가 헷갈려할 때마다 도로시가 정답을 가르쳐 주었으니 아마도 만점으로 통과될 것이다.

정부로부터 전문가 수준의 뛰어난 한국어 사용능력을 인정받게 된다는 뜻이다. 아울러 의사 예비시험을 볼 자격을 얻었음을 의미한다.

"폐하, EM 펀드 설립이 완료되었습니다."

"그래? 운용 자산 총액은?"

"1차 회수금만 6,627억 8,850만 6,915원입니다."

"뭐? 어떻게 해서 그렇게 많은 거지?"

"당연한 거 아니에요? 기레기와 견찰, 그리고 떡검의 수효가 좀 많아야죠. 부정부패와 연루되면서 제법 많은 돈을 감춰두었더라구요. 그러니 많을 수밖에요."

"1차 회수금이란 건 무슨 뜻이지?"

"현직에서 물러난 놈들 건 아직 안 거둬들였어요. 이놈들은 2차예요."

"그래? 그 숫자도 상당히 많을 텐데."

"아무렴요. 지금 확인된 숫자만 현직의 2.3배 정도예요. 물러난 후 이런저런 사유로 재산이 늘어났네요."

"그걸 싹 다 거둬들이려고?"

"그럼 그냥 둬요? 늘어난 것도 밑천이 있어서 그런 거니까 모조리 거둬들여야죠."

"… 그래, 네 말이 맞아. 탈탈 털어."

현수가 잠시 말은 끊은 건 스치고 지나간 생각 때문이다.

은행이나 금융권에 있던 돈을 거둬들이면 부동산을 처분하는 수밖에 없다. 그럴 경우 부동산 가격이 하락할 수 있음을 생각한 것이다.

"지시대로 할게요."

"근데 놈들 대부분이 연금을 수령하지 않나?"

"금융재산은 구린 구석이 있어서 신고를 꺼리겠지만 연금까지 그러면 발악할 텐데요?"

"무슨 상관 있어? 현직에 있는 동안 나쁜 짓 한 것에 대한 적립금인 거잖아, 그거."

"그건 그렇죠."

도로시의 대답이 왠지 냉소적이다. 진심으로 놈들을 미워하는 뉘앙스가 느껴져서 그런 듯하다.

"그러니 나오는 족족 거둬들여. 아니다. 일단은 그냥 둬. 대신 돈이 일정금액 이상 될 때마다 거둬들여."

"일정금액이라 하심은……?"

"각자의 생활수준에 따라 부동산을 처분했다 싶을 때마다 하라는 거지. 바쁜 도로시가 매일 그놈들 계좌만 들여다보고 있을 수는 없으니."

매달 나오는 연금까지 털어버리면 금융권과의 거래를 끊고 집안에 현금을 쌓아두게 된다. 그럼 회수가 쉽지 않을 것이기에 유예를 둔 것이다.

"전 괜찮아요. 하지만 폐하의 지시니 따를게요."

"그래, 그렇게 해."

"그나저나 1차 회수금은 어떻게 집행할까요?"

"으음! 일단 2,000억 원은 저소득층의 의료지원비로 쓰고 나머지론 Y—인베스트먼트를 설립하도록 해."

"Investment사요? 어디 투자하시게요?"

"나쁜 놈들 손보기로 했으니 도움의 손길이 필요한 사람에겐 손을 내밀어야지. 내 돈도 아니잖아."

"……!"

도로시의 대꾸가 없다. 자세히 설명하라는 뜻이다.

"EM 펀드를 어디에 설립해 놨어?"

"당연히 바하마죠. 자금 운용수익이 났을 때 굳이 세금을 낼 필요 없는 조세피난처니까요."

"그럼 Y—인베스트먼트는 어디에 만들 거야?"

"자본금 전체를 EM 펀드에서 출연한 걸로 방금 설립을 마쳤어요. 한국에 지사 설립할까요?"

전산 조작만으로도 충분한 작업인지라 몇 초 걸리지도 않는 모양이다.

"그러려면 사무실이 필요하잖아. 참, Y—엔터 사옥 근처에 매물로 나온 건물 없어?"

"불경기라 매물이야 많죠. 원하시는 규모는요?"

앞으로 무엇을 할지 명확히 정해놓지는 않았지만 점점 더 많은 일을 벌일 것만 같은 예감이 든다.

"일단 Y—엔터 사옥보다는 조금 넓었으면 해. 있어?"

"네, 있어요. Y—엔터 사옥 바로 옆 도로변의 낡은 여관이 매물로 나와 있네요. 이 건물은⋯⋯."

대지 면적 311.6평에 연면적 684평짜리 4층 여관이 140억 원에 매물로 나와 있었다.

현재 제1금융권 및 제2금융권에 총액 93억 원의 대출이 있으며, 원리금 및 이자 납부가 연체된 상태라 조만간 경매로 넘어갈 물건이라는 보고였다.

"흐음, 311.6평에 140억 원? 그것밖에 안 해?"

"건물이 많이 낡았어요. 준공 연도가 1978년이에요. 건축주가 현재의 주인이구요."

"여관은 현금 만지는 장사인데 웬 빚이 그렇게 많지?"

"아들 둘에 딸이 둘이 있는데 아들 둘이 사업을 하다 망했네요. 큰아들은 신촌에서 음식점을 했고 작은아들은 완구 공장을 하다 부도가 난 상태예요."

어느새 세무서 납세자료까지 몽땅 뒤진 모양이다.

"딸들은?"

"모두 시집을 갔는데 친정을 ATM[25] 으로 여기나 봐요. 매년 돈을 가져간 정황이 포착되었어요. 근데 소비 패턴을 보니 사치가 심하네요."

"심해? 어떤데?"

뭔 소린가 싶은 것이다.

"어휴! 웬 구두와 백을 이렇게 많이 샀는지……. 에르메스, 샤넬, 루이비통, 구찌, 프라다 등 없는 브랜드가 없네요. 뭔 구두랑 가방 전시장을 차리려고 했는지. 쯧쯧쯧!"

딸들의 신용카드 이용내역이라도 뒤진 모양이다. 얼마나 한심하면 도로시가 혀까지 찰까 싶다.

"……!"

친정이 어떤 상황인지 알 바 없다는 듯 마구 돈을 뽑아다 쓴 듯한 느낌이라 현수는 잠시 말을 끊었다.

이때 도로시의 설명이 이어진다.

"이 집 딸들은 다 골이 비었나봐요. 친정이 망하든 말든 허영과 사치 만빵이에요. 이건 부모 잘못이에요."

"아들들도 그래?"

"큰아들은 지방대학 기계공학과 출신이에요. 음식점 할 사

---

25) ATM(Automatic Teller's Machine) : 현금자동입출금기, 또는 자동금융거래단말기

람은 아니죠. 중소기업에 근무하다 그만두고 5년을 놀다가 대학가에 음식점을 개업했는데 8개월 만에 망했네요."

"에구! 쯧쯧쯧!"

음식점을 차리려면 보증금 이외에 권리금이 필요하다. 그 밖에 만만치 않은 인테리어 비용도 들어간다.

8개월 만에 망했다고 하면 처음부터 장사가 잘 안 되었다는 뜻이다. 그러는 내내 직원들 월급 주고, 비싼 임대료를 감당해냈는데 더 이상 견딜 수 없었던 모양이다.

하여 측은의 뜻으로 혀를 찬 것이다.

"작은아들은 고졸이에요. 이 남자도 7년이나 직업 없이 놀다가 완구공장을 낸 거였네요."

보아하니 아무런 경험도 없는데 건물 담보로 돈을 대출 받아 음식점을 내고, 공장을 차렸다가 망한 듯하다.

대출 액수가 액수인지라 여관 수입으론 이자를 내는 것도 버거워 내놓았다는 것이 도로시의 분석이다.

"어떻게 할까요?"

"도로시의 의견은?"

"물건은 좋아요. 근데 우리가 건물을 매입해주면 현재 겪고 있는 금전적 어려움으로부터 완전히 해방되죠. 현금도 만질 거구요. 우리가 그래줄 필요가 있을까요?"

참으로 냉정한 말이다.

"굳이 그래줄 이유는 없지."

"돈 들어가면 서로 더 가지려고 혈안이 될 거 같아요."

무능한 두 아들과 허영과 사치를 일삼는 두 딸이 어떻게 할지 충분히 짐작된다.

"확인해 보니 감정가가 130억 3,000만 원 정도네요. 한번 유찰되면 104억 2,400만 원이고, 두 번이면 83억 3,920만 원으로 쪼그라들 거예요."

"도로시의 예상은?"

"잠시만요."

도로시가 말을 끊은 건 대략 3초 정도이다. 그사이에 1970년부터 현재에 이르는 모든 경매자료들을 훑었다.

그와 동시에 완전무결하다 할 정도로 논리적인 검토 및 분석이 이루어졌다.

"이곳은 유동인구가 적은 곳이라 한 번은 무조건 유찰될 거예요. 그래서 84억 3,000만 원 정도면 낙찰될 거 같아요."

"그래?"

그냥 사는 것보다 훨씬 싸다.

"그럼 일단 그 물건은 놔두자. 제정신 아닌 놈들과 사치와 허영에 물든 딸들은 고생 좀 해야 하니까."

"저도 같은 생각이에요. 곧 경매로 나올 물건이니 기다렸다가 싼값이 사는 게 훨씬 이익이죠."

"알았어. 그럼 다른 물건은 없어?"

"없기는요. Y—엔터에서 조금 떨어진 곳에 주택단지가 있어요. 앞쪽 건물 일부가 나와 있는데 규모가 작아요."

"그래? 작은 건 좀 그래. 여관보다 큰 건 없어?"

"무얼 하시려는지 몰라도 땅이 필요하다면 여긴 어떠신가요? 여기 집들 중 18%쯤 매물로 나와 있는 상태예요."

"어딘데?"

말이 끝나기 무섭게 또 다른 지도가 눈앞에 떠오른다.

곁에는 위성에서 내려다본 실제 모습도 같이 있다. 오래전에 조성되었는지 좁은 골목이 거미줄처럼 얽혀 있다.

"흐으음! 지도 조금 더 크게 벌려봐."

말이 떨어지기 무섭게 인근 지역까지 확대된다.

멀지 않은 곳에 성원, 밤섬경남 아너스빌, 래미안, 대흥 태영, 래미안 마포 웰스트림 아파트 단지들이 있다.

조금 더 멀리 가면 강변힐스테이, 서강GS, 밤섬현대, 밤섬예가클래식, 반도유보라 아일랜드, 신수현대, 마포래미안 리버웰 아파트 등도 있다.

"도로시, 여기, 여기, 여기, 그리고 여기와 여기 아파트 매물 나온 거 있나 알아봐."

"잠시만요. 엄청 많네요. 단지별로 보고드려요?"

"아니, 그럴 필요까지는 없고……."

현수는 잠시 지도에 시선을 주었다.

"여기서부터 이만큼이 몇 세대인지 파악해 보고 주변에 매물로 나온 아파트는 얼마나 되는지 알아봐."

"알겠어요. 근데 어쩌시려고 아파트를 알아보라는 거죠?"

"여기 18% 정도가 매물이라며? 나머지 82%를 다 사려면 어떻게 해야 해?"

"돈만 주면 되지 않을까요?"

"세입자도 있을 텐데 그거 보증금을 못 빼줄 상황이면 안 판다고 할 거 아냐. 월세 받는 사람도 있을 거구."

"그래서 어쩌시려구요?"

"주변에 매물로 나온 아파트들을 다 사들여. 그거 싹 수리 해서 그럴듯하게 만들어놓고 협상에 나서야지. 돈을 원하면 돈을, 아파트를 원하면 아파트를 고르라고."

"집값이 더 비쌀 수도 있어요."

"그럼 차액을 더 주면 되잖아."

"안 팔겠다는 사람도 있을 수 있는 거 아닌가요?"

도로시는 부정적인 면을 부각시키고 있었다.

"우리가 아파트를 사들일 거잖아. 아마도 지금 시세로 사겠 지? 그걸 산 값의 80% 가격에 주겠다고 해."

"네? 무슨 말씀이신지요?"

"주변 아파트들을 사들이라고 했지? 예들 들어 10억을 주 고 산 거면 8억 원으로 계산하라는 뜻이야."

"예에? 왜 그런 손해를 자초해요? 한두 채 사들일 게 아니 라 주변의 매물을 몽땅 사라면서요."

"그냥 그렇게 해. 우리가 보유하고 있어도 조만간 값이 떨어질 거잖아. 안 그래?"

슈퍼노트의 출현으로 달러화의 가치가 폭락하면 세계 경제는 일대 혼란 속에 빠지게 될 것이다.

자고 일어나면, 아니, 시시각각 환율이 변동하는 수준인데 그 폭이 너무 크니 당분간 거래가 끊길 수도 있다.

침체된 경기가 더욱 깊은 수렁 속으로 빠져드는 일이 벌어지면 부동산 가치의 하락으로 이어진다.

매물이 쇄도하니 수요보다 공급이 많아져서 그렇다.

어차피 그렇게 빠질 가격이니 이쪽에서 크게 양보하는 모양새를 갖추면 물물교환을 마다하지 않을 것이다.

"그건 그런데 세 들어 사는 사람들은요?"

"우리가 산 아파트로 이사 와서 살라고 해."

"여기 주택의 전세금으론 많이 부족할 텐데요."

아파트 전세금이 훨씬 더 비싸다는 걸 주지시키는 말이다.

"더 받아서 뭐 해? 그냥 들어와서 살라고 해."

"아!"

도로시는 낮은 탄성을 냈다. 좀처럼 없는 일이다.

*　　　　*　　　　*

집주인은 제값 받고 집을 처분하면서 인근 아파트 중 하나를 20%나 할인된 값에 고를 권한을 얻는다.

만일 돈만 원하면 돈으로 지불한다.

세입자들은 추가비용 없이 훨씬 더 좋은 주거환경으로 이사할 수 있다. 월세 사는 사람들도 추가비용 없이 비슷하거나 더 넓은 면적의 아파트로 이사할 수 있다.

재개발이나 재건축처럼 누군가 쫓겨나면서 눈물 흘리는 일이 없다. 그야말로 완전한 해결책이다.

"그나저나 여기 면적은 얼마나 되지?"

"39,742.3㎡니까 1만 2,022평쯤 돼요."

"일단 모두 사들여. 참, 가볼 데가 있다."

문득 스치는 상념이 있다.

"도로시, 천지건설이 유동성 위기를 겪고 있다는 말을 들은 거 같은데."

"맞아요. 지방에 미분양 아파트가 쌓여서 어려움을 겪고 있어요. 지난달부터 직원들 급여가 미지급된 상태예요."

"흐음, 그것 참. 알았어. 내일 아침에… 신형섭 사장, 아니다. 거기 김지윤 대리가 있을 거야. 개발사업부 연결해 줘."

"김지윤 대리라면…, 명퇴대상자네요. 잠시만요."

도로시에게 있어 김지윤은 굳이 관심 가질 존재가 아니다. 현수의 친척도 아니고 아내이던 것도 아니기 때문이다.

그렇기에 명예퇴직 대상자라는 말을 너무 쉽게 한다.

하지만 현수는 아니다. 2,900년쯤 전에 상당히 괜찮다고 본 여인이다.

'끄응! 명퇴 대상이라니.'

현수는 잠시 기억을 더듬어보았다.

휘하에 있던 박진영 과장은 현수 아래에서 착실히 수업을 받은 끝에 이실리프 연방의 개발사업을 총괄하게 되었다.

제국의 건설부장관에 해당되는 직위이다. 이지적이긴 하지만 날카롭고 이기적이던 성품은 확 바뀌었다.

현숙한 아내 김지윤의 내조가 있었기 때문이다.

김지윤은 외모도 아름답지만 밝고, 쾌활한 성품을 가졌으며, 특히 미소가 아름다운 여인이라고 기억하고 있다.

게다가 현명하기도 했다. 학창 시절 내내 전교 1등을 놓치지 않았다고 하더니 두뇌 또한 발군이었다.

어떤 면으로는 박진영보다 더 능력이 있었다.

은행장으로서 이실리프 뱅크를 든든한 반석 위에 올려놓은 장본인이다. 그런 그녀가 명예퇴직 대상자 명단에 올라 있다. 조만간 퇴사를 강요받게 된다는 뜻이다.

천지건설이 위기를 겪고 있다고는 하지만 아까운 인재 하나가 졸지에 백조가 된다. 어찌 이런 꼴을 두고 보겠는가!

"연결되었어요."

도로시의 말이 끝나기 무섭게 김지윤의 음성이 들린다.

— 전화 바꿨습니다. 개발사업부 김지윤 대리입니다.

"네, 저는 하인스 킴이라 합니다.

— 네? 누구시라고요?

예상과 달리 외국인 이름이라 당황한 듯싶다.

"저는 하인스 킴이라고 합니다. 문의할 게 있어 전화 드렸는데 지금 통화 괜찮으신지요?"

— 네, 말씀하세요. 근데 저를 어떻게 아신 거죠?

"그건 중요하지 않고요. 귀사가 제주도에 조성해놓은 유니콘 아일랜드 미분양분을 구입하려고 전화 드렸습니다."

— 네? 유니콘 아일랜드요?

천지건설이 야심차게 기획한 유니콘 아일랜드는 제주도 섭지코지에 있는 일종의 콘도미니엄이다.

다만 여타 콘도와 다른 점은 300여 채에 이르는 별장식 콘도미니엄의 주인이 각기 하나뿐이라는 것이다.

다시 말해 돈 있는 부자들에게 별장을 분양하고 관리해 주는 회사가 바로 유니콘 아일랜드이다.

이곳의 특징 중 하나는 사회적으로 성공한 기업가가 아니면 돈을 아무리 많이 줘도 분양하지 않는 것이다.

저명인사, 또는 기업가라 할지라도 사회적 물의를 일으킨 인사는 회원으로 받지 않았다. 아무런 결격 사유가 없다 하더라도 주위의 평판이 나쁘면 그 또한 분양하지 않았다.

특히 정치인들에겐 분양하지 않는 것으로 유명했다.

전설의 동물 유니콘은 영험한 능력이 무한대로 샘솟는 뿔을 가진 동물이다. 이 녀석은 순결한 처녀를 좋아하는 것으로 알려져 있다.

그래서 사회적으로 순결한 사람에게만 멋진 경관을 즐길 수 있는 별장을 분양하겠다는 의도이다.

다시 말해 인격이 괜찮은 사람들에게만 판다는 뜻이다.

이전엔 각기 다른 디자인으로 건축된 별장 가운데 150여 채가 미분양 상태였다.

"현재 미분양 분이 얼마나 있는지요?"

— 잠시만요!

김지윤은 송화기 부분을 손으로 막고 심호흡을 했다.

며칠 전, 인사과 입사동기로부터 명예퇴직 대상자 명단에 자신의 이름이 올라 있다는 걸 들었다.

미리 마음의 준비를 하고 있으라는 선의의 정보였다.

지금은 불경기라 재취업이 매우 어려운 시절이다.

경기가 너무 안 좋아서 채용하는 곳도 드문 데다 경력직 여성을 뽑는 건설사는 거의 없었다. 경력과 관계없이 신입사원으로 지원하려 해도 학벌과 나이 때문에 어렵다.

김지윤은 서울대학교를 졸업했고, 성적표엔 A를 제외한 어떠한 알파벳도 없다.

그래서 중소기업에선 왜 우리 같은 회사로 오려 하느냐는 의심의 눈초리로 볼 것이다. 언제든 더 좋은 직장이 생기면 곧바로 이직할 것이라는 우려 때문이다.

다른 대기업에 신입사원으로 지원할 경우엔 다 좋은데 나이가 많아서 어렵겠다는 말을 듣게 될 것이다.

먼저 입사한 선배 사원보다 학번도 위고 나이도 많아 위계질서에 문제 발생을 우려하기 때문이다.

그래서 지난 며칠 동안 정말 고민을 많이 했다. 회사에서 나가면 무엇을 할 수 있을지 정말 막막했다.

곧바로 백조생활을 시작하는 건 아닌지 걱정스러웠다.

하여 제대로 잠을 이루지 못해 몸은 몹시 피곤하고, 눈 밑엔 짙은 다크서클이 생겨나 있다.

방금 유니콘 아일랜드 미분양 분을 사겠다는 전화가 걸려왔다. 회사에서 골칫거리로 여기고 있는 것이다.

분양조건 때문에 친일파와 정치인, 언론인, 법조인 등과 척을 진 이후 노골적인 방해를 받고 있다.

누구든 유니콘 아일랜드를 분양 받으면 세무조사가 들어가게 해놓은 것이다. 정말 나쁜 놈들이다.

어쨌거나 회사에선 유동성 위기 해소를 위해 전 사원에게 유니콘 아일랜드의 분양을 독려했다.

최하 35억에서 72억 원에 이르는데 분양 성공 시 본인에겐 1%, 소속 부서엔 0.5%의 포상금을 주기로 한 것이다.

부서까지 포상하는 것은 본인이 분양업무 때문에 자리를 비웠을 때 업무에 차질이 없도록 잘 서포트하라는 뜻이다.

이전의 분양조건은 대폭 완화되었다. 하지만 양보되지 않은 것들도 있다.

첫째, 친일파와 관련된 자에겐 팔지 않는다.

둘째, 정치인에겐 팔지 않는다.

셋째, 기레기와 견찰, 그리고 떡검에겐 팔지 않는다.

넷째, 전과자에겐 팔지 않는다.

많이 완화되기는 했지만 여전히 까다롭다는 평이다.

어쨌거나 스스로 적을 부르는 조건이지만 이연서 천지그룹 총수는 이 조건만은 양보할 수 없다고 공언하였다.

심혈을 기울여 조성한 유니콘 아일랜드에 인간 같지 않은, 아니, 개만도 못한 것들의 발길을 거부한다는 뜻이다.

유니콘 아일랜드는 현재 148채가 미분양이다. 하나라도 팔면 명퇴자 명단에서 빠질 수 있을 것이다.

그렇기에 김지윤 대리는 떨리는 마음으로 말을 이었다.

— 현재 미분양 물량은 148채가 있습니다. 모두 설계가 다른데 어떤 것을 원하시는지요? 배치도와 설계도가 필요하시면 곧바로 찾아뵙도록 하겠습니다.

"오늘 말고 내일 오전 9시쯤에 뵈었으면 합니다. 제가 천지 건설 본사로 가죠."

히야신스로 부르면 보나마나 사기꾼 취급을 받을 것이다. 그렇기에 직접 방문하겠다고 한 것이다.

— 네? 아, 네. 알겠습니다. 준비해 놓도록 하겠습니다. 그럼 내일 오전 9시에 뵙죠. 9층으로 오시면 됩니다.

김지윤 대리의 음성에서 생기가 느껴졌다. 전화를 끊는 현수의 입가엔 미소가 어렸다.

"폐하, 혹시 별장을 갖고 싶으신 건가요? 그렇다면 C—17을 권합니다."

통화하는 동안 검색을 마친 모양이다.

"C—17? 뭐지?"

말이 떨어지기 무섭게 유니콘 아일랜드의 전경이 보인다. 위성에서 찍은 초고화질 영상이다.

위에서 찍은 것만 보이는 게 아니라 전후좌우까지 보인다. 주변 유리창에 반사된 걸 순간적으로 보정하는 모양이다.

"C—17은 언덕 위에 있는 이겁니다. 여기서 보는 경관이 제일 낫습니다. 분양가는 72억 원이네요."

설명에 이어 C—17이라 칭해진 별장과 그곳에서 보이는 경관 또한 보인다. 유리와 대리석을 이용한 3층 저택인데 전면 풍광도 괜찮고, 좌우면과 배면 풍광도 괜찮다.

너른 마당도 있고 주방 근처엔 장독대가 있다.

넓고 푸른 잔디에 점점이 박혀 있는 디딤돌과 저택 주변을 휘감고 도는 개울의 징검다리도 정겹다.

현수는 고개를 끄덕였다. 화면으로 보이는 C—17은 깔끔할 뿐만 아니라 완벽한 조화를 이루고 있었다.

'역시 유니콘 아일랜드 팀이군.'

골격은 천지건설 시공팀이 조성했지만 마무리 및 인테리어 공사는 특별히 구성된 팀이 맡았다.

정밀시공을 넘어 완벽시공을 목표로 분야별 장인급 전문가들로 구성되었는데 '유니콘 아일랜드팀'이라고 칭한다.

"괜찮네. 시공 잘한 거 같지?"

"아주 잘된 공사 같아요."

"그치? 그래서 유니콘 아일랜드를 분양 받으려는 거야."

"그게 무슨 말씀이신지요?"

"내가 아파트 사라고 했지?"

"매물로 나온 건 다 사들이라고 하셨죠."

"그거 인테리어 공사를 맡기려고."

"누구에게요?"

"유니콘 아일랜드의 마감공사를 맡은 팀에게."

"그 사람들 천지건설 소속인데 하려고 할까요?"

"하게 해야지. 그나저나 돈 좀 준비해."

"얼마나요?"

"흐음, 148채니까 7,400억 원 정도면 될 거야. Y—인베스트먼트 명의로 구입할 거니까 그리 알고."

"네? 7,400억 원이나요? 다 사시려구요?"

약간 놀란 듯한 반응이다. 어디에 쓰려느냐는 뜻이다.

"그래. 유니콘 아일랜드 미분양 분을 전부 사는 대신에 그 사람들의 파견을 요구할 거야."

천지건설의 유동성 위기를 해소시켜 주는 한편 구입하게

될 아파트와 신축할 건물의 마감 및 인테리어 공사를 맡기려는 것이다.

"그나저나 여기 주택들 다 구매하면 어떻게 하려고요?"

"집들이 좀 낡았지? 그럼 허물고 다시 지어야지. 최대한 많이 파고, 최대한 높게. 알았지?"

"빌딩 지으시게요? 어떤 용도인지 말씀해 주세요."

"거기 얼마나 지을 수 있지?"

"큰 도로를 접한 이쪽은 일반상업지구예요. 건폐율 60%, 용적율은 800% 이하예요. 이쪽은 준주거지역이라 건폐율 60%, 용적율 400%구요. 나머진 2종 일반주거지역이에요. 건폐율 60%에 용적율 200%예요."

"여기 필지를 통합하면 하나로 바뀔 수 있지?"

"그럼요. 시청이나 구청과 어떻게 협상하느냐에 따라 다르겠지만 제 예상으론 근린상업지역이나 준주거지역이 될 확률이 높아요."

근린상업지역은 건폐율은 60%, 용적률은 600% 이하이고, 준주거지역은 건폐율 60%에 용적률 400% 이하이다.

근린상업지역으로 지정되는 게 더 유리하다.

Chapter 12

—

또 시작이군

"이렇게 해보면 어때? 여기부터 여기까지만 건물을 짓는 거야. 나머지는 중정(中庭) 형태로 두는 거지."

도로를 접한 부분에만 건물을 짓자는 뜻이다.

"필지를 다 통합시키지 말고 일부 분할하라는 거죠?"

"그래. 그럼 일반상업지역이 되지 않을까?"

"그것도 시청이나 구청과 협상하기 나름이겠지요."

구입하려는 토지의 면적은 1만 2,022평이다.

모든 필지를 통합시킨 후 근린상업지역으로 지정받으면 바닥면적 7,213.2평에 10층짜리 건물을 지을 수 있다.

건축면적을 2,000평으로 줄이면 36층까지 가능하다.

지하실 면적은 건폐율이나 용적율 적용대상이 아니므로 최대 1만 2,022평까지 팔 수 있다.

만일 일반상업지역으로 지정된다면 바닥면적 7,213.2평인 건물을 13층 높이로 지을 수 있다.

이럴 경우 지상 층 면적만 9만 6,176평이다.

부지 전체를 지하 8층까지 파면 지하 층 면적의 합은 9만 6,176평이다. 이럴 경우 연면적은 19만 2,352평이 된다.

참고로. 여의도에 소재한 63빌딩의 연면적은 5만 820평이다. 이보다 거의 네 배나 더 큰 건물이 되는 것이다.

물론 일반상업지역으로 지정되기는 힘들 것이다.

도로시의 의견처럼 근린상업지역만 되도 좋지만 준주거지역도 그리 나쁘진 않다.

"다 부수고 새로 건물 올리실 거죠?"

"그래. 여기에 복합건물을 지어야겠어."

"복합건물이라면 주상복합이요?"

"아니. 면적이 제법 되니까 도로변엔 오피스 빌딩을 짓고, 안쪽엔 아파트 단지를 조성하면 어떨까 해."

"아파트요?"

말끝이 올라가는 걸 보니 대체 무슨 소리냐는 뉘앙스다.

"그래, 최대한 넓고 높이 짓되 다양한 면적으로 설계하도록 해. 직원들이 들어와서 살게 될 거니까."

"아, 네."

어떤 의도인지 알아들었다는 뜻의 대답이다.

"지하실까지 채광이나 환기도 고려한 설계여야 하고, 프라이버시가 침해되지 않는 형태로 설계해 달라고 해. 알았지?"

"설계를 의뢰하라고요? 차라리 제가 설계하는 건 어때요?"

"뭐, 그러던지."

현재의 공법으로 지을 수 있도록 설계한 후 도면을 건축사에게 넘기면 알아서 허가를 받을 것이다.

"그나저나 아파트 면적은 어떻게 할까요?"

"너무 작아도 그러니까 면적 기준으로 원룸은 12평, 투룸은 19평, 3룸은 26평, 4룸은 33평 정도면 되지 않을까?"

"전용면적으로 말씀하신 거죠?"

"당연하지. 근데 너무 작은가? 원룸 14평, 투룸 22평, 3룸 30평, 4룸 38평은 어때?"

이곳에 오기 전 본인의 화장실 면적을 상기한 현수는 조금 좁지 않은가 하는 생각을 했다. 하여 조금 더 넓은 면적으로 바꾸려 입을 열었다.

"아니다. 원룸 20, 투룸 30, 3룸 40, 4룸 50평……."

도로시는 무엄하게도 현수의 말을 자르며 끼어들었다.

"폐하, 제가 확인해 보니 6평짜리 원룸도 있어요. 그런데도 월세가 50만 원이네요."

"뭐? 겨우 6평인데 월세가 50만 원이나 된다고? 그거 강남구 얘기지?"

"아뇨. 강남구 논현동에 나와 있는 원룸 중에는 전용면적이 겨우 10㎡, 그러니까 겨우 3평짜리도 있어요."

"그래? 그렇게 작아?"

"그런데도 보증금 4,000만 원에 월세가 50만 원이에요. 지은 지 20년이나 되는 낡은 다가구주택인데 그래요."

"헐! 아무리 강남이라고 해도 너무 비싸다. 겨우 3평인데……. 살림살이 들여놓으면 발이나 뻗고 잘 수 있을까?"

"가능하니까 월세로 내놓았겠지요. 이제 실면적 20평짜리 원룸이 얼마나 터무니없는 건지 아시겠어요?"

"그런가? 알았어. 그건 도로시에게 일임할게. 근데 너무 작게는 하지 마. 알았지?"

"네. 처음 말씀하신 면적을 기준으로 삼을게요. 잠시만요."

도로시가 말은 끊은 건 3~4초 정도이다.

그러는 사이에 건축법규를 몽땅 훑고 서울시와 마포구 조례까지 모두 뒤진 후 수천, 수만 번의 설계를 실시했다.

그중 가장 효율적이라 생각되는 도면 하나를 띄운다.

"도면 다 되었어요. 한번 보세요."

"그러지."

지하 8층, 지상 34층짜리 건물의 투시도부터 보인다. 유리로 감싸인 현대적 감각의 설계이다.

이것 하나만 보여주는 걸 보면 시공 가능한 것 중 가장 효율적인 설계일 것이다. 논리적인 도로시이기 때문이다.

"흐음! 이게 최선이라는 거지?"

"현행 법규상으론 그렇지요."

"그래? 잠시만."

현수는 거의 모든 학문에 달통해 있다.

인문과학[26], 사회과학[27], 자연과학[28] 은 물론이고 모든 분야의 공학 또한 포함되어 있다.

토목학과 건축학 또한 통달한 상태이기에 도면을 보는 것만으로도 설계자의 의도를 충분히 이해한다.

그럼에도 도로시는 어떤 의도로 어떻게 설계된 것인지 상세히 브리핑을 실시했다.

지하 3층부터 지하 8층까지는 주차장이다.

층별 면적은 1만 1,000여 평이다.

각각 축구장 5개 넓이이다. 참고로 FIFA에서 권장한 축구장 면적은 2,160평 정도 된다.

지하 8층부터 지하 4층까지 5개 층은 차량용 엘리베이터로 접근하는 주차장이다. 물론 램프도 있다.

---

26) 인문과학(humanities, 人文科學) : 정치 · 경제 · 역사 · 학예 등 인간과 인류문화에 관한 정신과학을 통틀어 이르는 말

27) 사회과학(Sozialwissenschaft, 社會科學) : 인간 사회의 여러 현상을 과학적, 체계적으로 연구하는 모든 경험과학. 사회학, 정치학, 법학, 종교학, 예술학, 도덕학 등이 포함

28) 자연과학(natural science, 自然科學) : 자연현상을 연구대상으로 하는 물리학 · 화학 · 생물학 · 천문학 · 지학 등

이 밖에 층고를 높게 하여 대부분을 기계식 2단 주차장으로 조성한다. 직관적 기계장치로 미숙 운전의 대명사인 '김 여사들'조차 쉽게 조작할 수 있도록 설계된 것이다.

이곳엔 SUV와 승합차 모두 주차 가능하다. 소위 연예인 밴이라 불리는 익스플로러 밴도 포함된다.

참고로 익스플로러 밴 11인승의 차체는 전장 6,210㎜, 전폭 2,080㎜, 전고 2,410㎜, 총중량은 3,995㎏이다.

이는 국산 승합차보다 더 길고 넓으며, 더 높고 무겁다.

보다 덩치가 큰 버스나 트럭을 위한 전용주차구역은 별도로 설치된다.

주차장 총면적은 5만 5,000여 평이고, 대부분이 2단 주차장이다. 이 정도면 입주자는 물론이고 내방객의 차량까지 너끈하게 주차할 수 있을 것이다.

지하 3층엔 헬스클럽, 수영장, 당구장, 탁구장, 볼링장, 사우나 등이 들어설 예정이다.

지하 2층은 전체가 대형 할인마트이다.

엘리베이터 홀과 계단, 화장실 등을 제외한 순수 매장면적만 약 10,000평 정도가 될 것이다.

참고로, 이마트 31번째 점포이자 전라북도 지역 3호점인 군산점의 매장 면적은 약 4,200평이다.

지하 1층은 멀티플렉스(Multiplex) 공간이다.

12개 이상의 스크린이 설치되며, 널찍한 휴게공간과 다양한 음식을 즐길 수 있는 푸드코트와 상가들이 들어선다.

영화관이 들어설 것이라 지하 2층의 층고는 12m에 이르러 크고 넓다는 느낌이 들 것이다.

이 밖에 영화관의 경사진 슬라브 아래는 아래층 대형할인 마트의 창고 용도로 사용된다.

지상 1~2층은 일반 임대상가이다.

커피숍, 제과점, 음식점, 서점, 문구점, 병원, 약국, 학원, PUB, 이미용실 등이 들어서게 될 것이다.

지상 3층부터 34층까지는 다양한 면적으로 구성된 주거 공간이다. 최상부엔 여러 개의 펜트하우스가 복층 구조로 설계되어 있다.

"어때요? 괜찮죠?"

"좋네. 근데 지진 대비는?"

"당연히 면진 설계가 적용되었지요. 지진 강도 8.0까지는 너끈하게 견뎌낼 거예요."

"왜 8.0인 거지?"

"1978년에 지진 관측을 시작한 이래 최고는 평안북도 귀성에서 발생했는데 규모 5.3이었어요. 이를 기준으로 최대치를 잡은 거예요. 과거의 지진기록도 참고했고요."

방금 언급된 과거의 기록이란 것은 현수가 이곳으로 오기 전의 역사기록일 것이다.

"좋아. 홍수에 대한 대비는? 내 기억으론 이 지역이 1984년쯤 물난리를 겪었거든."

"맞아요. 84년에 그런 일이 있었지요. 웬만해선 그때 같은 일이 벌어지지 않겠지만 유사시 부지 전체를 보호할 높이 2m짜리 수밀차단벽이 올라가도록 설계되어 있어요. 요거요."

현수의 눈엔 부지 최외곽을 완전히 둘러싼 파란색 테두리가 번쩍이고 있다.

"혹시 모르니까 5m로 상향해."

"넵!"

황제의 지시는 무조건 따르게 되어 있으니 단답이다.

"지하실 채광과 환기 문제는? 결로현상도 대비되어 있어?"

"당연하죠. 다 고려된 설계니까 걱정 마세요."

"화재가 발생하면?"

"그것도 다 대비되어 있어요."

"좋아. 층간 소음 문제는?"

"여기 이거 보이시죠?"

"어떤 거?"

말이 떨어지기 무섭게 화면의 일부분이 확대된다.

층간소음 차단 특허번호가 명기된 부분이다. 미래의 특허이기에 아직은 시공된 적이 없다.

"좋군. 부지 매입이 끝날 때까지 더 좋은 설계안이 있는지를 검토해 봐."

"알았어요."

현수는 설계에 대해 전혀 토 달지 않았다.

이실리프 제국에서는 새로운 사업을 시작하게 되면 가장 먼저 구성원들에 대한 배려부터 생각한다.

편안히 출퇴근할 수 있는지를 따지고, 다음은 얼마나 안락한 환경에서 근무할 수 있는지를 고려한다.

위층에서 아래층으로 출근하고 엘리베이터를 타고 퇴근한다면 교통비도 들지 않고, 피곤해지지도 않을 것이다.

쇼핑도 아래층에 내려가서 하면 되니 외부로 나갈 일은 거의 없을 것이다.

"참, 옥상과 외벽에 태양광발전패널 설치하는 거지?"

2016년 현재 태양광 발전 효율은 8~15% 정도이다.

실험실 내에서는 19.5%까지 성공했다. 물론 아직 상용화되지는 못하였다.

아무튼 8~15%는 초기효율이고, 사용이 시작되면 점차 떨어진다. 모듈 고장, 패널 손상, 집광 방해요소 발생, 오염 등의 이유 때문이다.

따라서 주기적인 모니터링이 필수이다.

이실리프 제국의 태양광발전패널 효율은 91.8%나 된다. 지금보다 약 6~11배나 고효율이다.

마법과 미래기술이 결합했으니 당연한 일이다.

아무튼 모듈은 매우 안정적이고, 패널은 손상시키는 것이 어려울 정도로 내구성이 뛰어나다.

그리고 새로운 건축물이 들어서서 빛을 차단하지 않는 한 집광 방해요소가 발생되지 않는다.

마지막으로 미세먼지, 황사, 매연으로 인한 오염 또한 걱정하지 않아도 된다. 미래기술과 정화마법이 적용되어 더러워지지 않기 때문이다.

패널이 조금씩 노후화되는 건 막을 수 없지만 생각보다 수명이 길다.

제조사 보증기간은 120년이다. 실제론 200년 넘게 쓴다.

마나 수련이 시작되었으니 이제 곧 활성화 마법을 쓸 수 있게 될 것이다.

마법진을 그리는 것은 서클 수와 상관이 없으니 1서클만 이루어도 웬만한 마법이 가능해진다.

그리고 이미 생산된 유리에 필름 한 장을 붙이면 되는 것이기에 패널 제조공장이 필요한 것도 아니다.

그래서 설계에 반영하라고 한 것이다.

아무튼 외벽과 옥상에 태양광발전패널이 설치되면 난방과 취사, 그리고 조명 등에 쓰이는 전기는 충분하다.

워낙 효율이 좋기에 그러고도 많이 남을 텐데, 그건 옥상이나 지하의 축전설비에 보관되었다가 많이 흐리거나 비나 눈 오는 날에 사용된다.

더 이상 한전 신세를 질 필요가 없는 것이다.

미래기술이 적용된 축전지는 2016년에 비해 크기는 월등히 작지만 저장용량은 몇 배나 크고 매우 안정적이다.

어쨌거나 전기를 자체 생산하니 요금 청구는 없다. 가스 요금도 없지만 상하수도 요금만은 부담해야 한다.

직원들에게 제공될 아파트는 보증금 및 임대료가 없다.

따라서 상하수도 요금과 관리비만 부담하면 되는데 실 면적 26평짜리 3룸의 경우 월 10만 원 정도가 예상된다.

이실리프 계열사 직원들에겐 지하의 3층의 수영장과 사우나, 당구장, 볼링장, 탁구장 등이 무료이다.

체육시설과 건물 전체의 유지보수를 위한 비용은 1~2층 임대 상가에서 들어오는 임대료 수입으로 충분할 것이다.

        *   *   *

"강연희의 남편은 요즘 어때? 승진자 명단에서 누락되었다고 했잖아."

"잠시만요. 아, 명퇴신청이 되어 있네요. 전자결재가 인사부장까지 올라갔으니 곧 처리될 것 같아요."

"뭐? 명예퇴직? 아직 젊잖아. 근데 진급이 안 될 거 같아서 그러나? 요즘은 취직하기 힘들 텐데 왜?"

"일신상의 사유로 명퇴를 신청한다고 되어 있는데… 메일을 확인해 보니 배우자 강연희님 때문이네요."

"메일 그런 거 함부로 열어보면… 아, 아니다."

프라이버시 침해이며 불법이라는 말을 하려 했으나 그건 도로시에겐 적용되지 않는다.

"강연희님의 임신중독증이 너무 심해서 서울로 거주지를 옮기려는 모양이네요. 집도 내놨어요."

"그래? 그게 얼마나 심하기에……."

"의무기록을 보니 고혈압과 폐부종, 그리고 콩팥과 간의 기능 이상이 있어요. 동시에 두통과 시야 장애 및 상복부 동통을 호소했어요. 빠른 치료가 필요해요."

"그렇게 심해?"

"잘못하면 사망에 이를 수도 있어요."

현수는 놀란 표정을 지었다.

"헐! 그럼 얼른 고쳐야지. 근데 강진숙 여사님은?"

"류머티즘이 심해서 고준위진통제를 처방받았는데 돈이 없는지 약국에서 약을 산 기록이 없어요."

"끄응!"

"현재는 식당 일을 그만뒀습니다. 통증 때문인 듯해요."

"장모님, 아니, 강진숙 여사님 채무가 있다고 했지?"

"원금은 1,800만 2 원이고, 연체된 이자 총액은 오늘 현재 142만 3,250원입니다. 신용카드도 연체되었는데 288만 6,300원이 있어요."

"알았어. 일단 그거 상환부터 해."

"네, 알았습니다. 모두 처리되었습니다."

전산작업은 그야말로 순식간이다.

어쨌거나 황비(皇妃)였을 때의 강연희는 몹시 아름다울 뿐만 아니라 우아하고 고상했으며, 상냥하고 부드러우며, 현숙하고 지혜로웠다.

침실에선 요염하고, 섹시했으니 최상의 아내였다.

강진숙 여사 또한 다르지 않았다. 사위 사랑이 넘쳐서 늘 맛있는 음식을 만들어주곤 했다. 자상한 건 둘째이다.

그런데 지금 둘 다 극심한 고통을 겪고 있다.

"남편 이름이 뭐라고 했지? 곽진우?"

"아뇨. 곽진호입니다. 딸은 곽아영이구요."

"한국전력 동해지사에 근무 중이라고 했지?"

"맞습니다. 근데 방금 퇴사 결정이 되었어요. 인사부장이 사인했어요."

"서울로 이사 온다고?"

"전근 신청을 했는데 반려되자마자 서울에 소재한 한울엔지니어링에 입사지원서를 제출했어요."

"한울엔지니어링? 거긴 뭐 하는 회사지?"

"전기설계와 적산 전문업체예요. 재직인원이 8명인 소규모 업체인데 지난해 수주액은 1억 5,800만 원입니다."

사무실 임대료나 영업비용, 그리고 유지비용이 하나도 들지 않았다고 해도 1인당 수입이 월 165만 원도 안 된다.

임대료, 사무실 유지비, 인터넷 및 전화 요금, 건강보험료,

국민연금, 고용보험료. 세금, 영업비용 등 제반비용을 빼고 나면 1인당 100만 원도 못 줄 직장이다.

이런 회사를 어떻게 알고 지원했을까 싶다.

"거기서 직원을 뽑는다고 공고한 거야?"

"아닙니다. 곽진호 씨는 현재 전기와 관련된 모든 업체에 이력서를 보내고 있습니다. 전부 서울에 있는 겁니다."

서울로 이사 온다는 추론이 충분히 타당하다.

"위성에 연락해 봐. YG—4500 아직 못 만들었지?"

"네, 아직이랍니다."

위성과의 통신은 거의 실시간으로 이루어지는 모양이다.

"그럼 내려 보낼 때 임신중독증 치료할 약을 만들어서 같이 보내라고 해. 류머티즘 치료제도. 그리고 미라힐과 엘릭서도 넉넉하게 만들어서 보내라고 해."

"알겠습니다. 그렇게 지시했어요."

"좋아, 내일이라도 주효진 변호사에게 연락해서 아파트 매입을 서두르라고 하고."

"곽진호, 강연희 부부를 위한 건가요?"

"그래. 지금 매물로 나온 것 중에 한강이 조망되고 즉시 입주 가능한 거 있어? 조금 넓은 걸로."

"있습니다. 한강밤섬자이아파트 60평형이 나와 있어요. 2010년에 입주 시작되었고 23층인데 18억 원이에요."

"그래? 일단 그거부터 사들여."

"지시대로 할게요. 이거 명의는요?"

"일단 회사 하나 만들어서 그걸로 해."

"네, 알겠어요. 상호는요?"

"Y—인베스트먼트에서 투자한 Y—에너지."

"한국이 본사인가요?"

"일단은 그렇게 해. 대표이사는 내가 맡을 거구 일단은 배터리사업부와 태양광발전사업부를 만들 거야. 법인설립과 동시에 사원모집공고를 내도록 해."

"두 사업부는 누구에게 맡기시려구요?"

"곽진호씨는 배터리사업부, 그리고 태양광발전사업부는 주윤우씨 아들을 찾아서 맡길 거야. 슬하에 1남 1녀가 있을 테니까 찾아봐."

말이 떨어지기 무섭게 보고한다.

"서른 살 주인철과 스물일곱 살 주인숙이네요. 인천시 부평구 굴포천 인근 다가구주택에 거주하네요. 주민등록상 모친을 모시고 사는데 전용 면적은 9.98평이에요."

"끄응!"

현수는 낮은 침음을 냈다.

"주윤우씨가 사망한 날로부터 3개월 이내에 상속포기를 하지 않아 현재 1억 7,200만 원의 빚이 있어요."

"……!"

"다행히 1금융권 대출금이라 이자율이 높지 않고 불법추심도 없네요. 다만 석 달째 이자 납입이 안 되어 있어요."

불행 중 다행이라는 뉘앙스가 느껴진다.

"주인철씨는 현재 천우전기라고 태양광발전 공사를 하는 회사의 현장직으로 근무하는 한편 야간엔 편의점에서 알바를 하고 있어요."

"딸은?"

주윤우 사장의 딸은 예쁘지는 않지만 애교가 많아서 늘 웃게 만들던 기억이 있다.

"주인숙은 현재 늘봄식당에서 홀 서빙을 맡고 있어요. 모친인 송정숙 여사는 그 식당 주방에서 일하고요."

"도로시야, 아파트 하나 더 사라."

주인철과 주인숙, 그리고 송정숙 여사가 들어가서 살 집을 사라는 뜻일 거다.

"한강밤섬자이 아파트 60평형으로요?"

"당장 들어갈 물건이 있으면 그걸로 해."

"21층에 매물로 나온 게 있네요."

"그것도 비어 있어?"

"그건 아닌데 하시입주라고 되어 있으니 돈만 지불되면 곧바로 비워줄 수 있는 거 같아요."

"그래, 그걸로 해. 그리고 그 가족 의무기록 뒤져봐."

"주인철과 주인숙은 최근 1년간 병원을 찾은 기록이 없습니다. 따라서 건강한 것으로 추정됩니다. 다만 송정숙 여사는 고혈압과 당뇨, 그리고 고지혈증이 있어요."

"고혈압, 당뇨, 고지혈증? 그거 미라힐로 치료 가능하지?"

"아뇨. 엘릭서가 가능한 거예요. 어딜 상처 입은 게 아니니까요. 다만 고지혈증은 식습관 개선이 동반되지 않으면 재발할 위험이 있어요."

"그럼 클린봇(Cleanbot)을 투여할까? 위성에 재고 있나 확인해 봐."

클린봇은 의료용 나노로봇 중 하나로 혈관을 깨끗이 청소하여 심혈관계 질병을 예방하는 효과를 낸다.

한 번 투여하면 사망할 때까지 전신 혈관을 누비며 혈전을 제거하고 혈당을 조절하며, 콜레스테롤을 관리한다.

고혈압, 관상동맥질환, 협심증, 심근경색, 동맥경화, 부정맥, 뇌졸중, 부정맥 등으로부터 안전해지는 것이다.

"잠시만요. 네, 있다고 합니다."

위성의 YD—16과 실시간 통신을 하는 모양이다.

"얼마나 있대?"

"위성 전체의 재고는 90만명 분이에요. 위성 하나당 10만명 분을 유지하도록 되어 있으니까요."

"그래? 그거 다 보내라고 해."

크기도 작고 특수 용기에 담겨 있으니 상온에 둬도 변질되지는 않지만 마땅히 보관할 데가 없기 때문이다.

"네, 그렇게 합니다. 또 지시하실 사항은요?"

"주 사장이 남긴 빚은 청산해줘야겠지?"

"아무래도 그러는 게 낫지 않을까 해요."

"지금 빚이 얼만지 확인해 봐."

"총 1억 9,652만 3,250원이에요. 카드빚이 있었네요."

점점 더 많은 일이 발생될 것 같은 예감이 들었는지 도로시는 다소 들뜬 음성이다.

"참, 지현이 남편이 폐타이어 재생사업을 한다고 했지?"

"그랬는데 지금은 아니에요. 최종부도 처리되었거든요. 빚때문에 도피 중인데 지금은 목포에 있어요. 건설현장에서 허드렛일을 하고 있네요."

"에고, 그거 안 해본 사람은 힘들 텐데."

"네, 육체노동이니까요. 그래도 견뎌내긴 하네요."

위성이 가동되자마자 현수가 언급한 모든 사람에 대한 추적이 이루어지는 상황인 것이다.

"지현이와 사이가 좋지 않아 이혼소송이 진행되는 중이라고 했지?"

"전에는 그렇게 말씀드렸는데 사이가 좋은지 아닌지는 확인이 필요합니다. 승인해주시면 즉시 알아볼게요."

"그럼 얼른 확인해 봐."

"확인되었습니다. 남편인 김인동이 이혼소송을 걸었고, 권지현님이 거부했습니다."

"엥? 지현이가 소송을 건 게 아니고?"

"그렇습니다. 아, 지금 권지현님과 통화를 하려 합니다. 스피커폰 모드로 해드릴까요?"

"아니. 도로시가 듣고 상황을 이야기해 줘."

부부 간의 통화를 엿듣는 건 심각한 프라이버시 침해이기 때문이다.

"지금 아픈 데가 없느냐고 묻습니다."

"누가?"

"서로에게 그럽니다. 폐하, 그렇게 궁금하시면 스피커폰 모드로 그냥 들어보시죠."

현수는 사랑하는 아내가 외간남자와 통화하는 걸 엿듣는 기분이 들 것 같아 얼른 고개를 흔들었다.

"아냐. 다 듣고 얘기해 줘."

잠시 대화가 끊겼다. 통화가 제법 긴 모양이다.

현수는 궁금했지만 말없이 기다렸다. 그렇게 3분쯤 지났다. 통화가 끝났는지 도로시의 보고가 시작된다.

"권지현님, 임신 중이네요. 과도한 빚 때문에 남편이 이혼하려 했지만 본인이 반대하는 거구요. 그리고……."

권철현 대구지청장은 사위가 어려움에 처해 있는 걸 모른다. 알면 사는 집을 팔아서라도 탕감해주려 할 것이기에 권지현이 감추고 있는 중이다.

집을 처분하게 되면 한사랑요양원에 모신 모친의 상황이 호전되어도 갈 곳이 없기 때문이다.

지청장은 너무 바빠서 사위 얼굴을 몇 달이나 못 보았음에도 이런 상황이란 것을 전혀 짐작하지 못하는 모양이다.

"부부 사이가 나쁜 게 아니라 과도한 빚으로부터 면책시키려고 이혼소송을 한 거란 말이지?"

"대화의 뉘앙스를 보면 그래요."

"흐으음! 남편의 빚이 얼마라고 했지?"

"1금융권 8억 2,000만 원, 2금융권 11억 5,000만 원이에요. 사채업자에게도 4억 6,000만 원을 빌렸구요."

"……!"

원금이 저러하면 이자도 상당할 것이다.

"신용카드도 연체되어 있어요. 현금서비스 기록을 보니 BC, 삼성, 현대, 그리고 국민카드로 돌려막기를 했네요."

"카드 연체 액수는?"

"오늘 현재 611만 6,560원이에요."

"많군."

카드 돌려막기를 하는 동안 현금서비스에 대한 이자가 쌓여서 만들어진 금액일 것이다.

"남편이 운영하던 동인산업 공장은 경매로 처분된 상태예요. 기계류는 나머지 채권자들이 가져갔구요."

"채권자가 또 있어?"

"거래처들이에요. 확인된 채무액은 1억 1,500만 원 정도 돼요. 노동청에도 급여 미지급으로 고발당해 있네요. 총액은

7,930만 원이에요."

총체적 난국인 상황이라는 말이다.

"집은? 아파트가 있다며. 그거 날아갔어?"

"아뇨. 다행히도 아파트는 권지현님 명의로 되어 있어요. 근데 이 집도 시세는 2억 2,000만 원인데 융자금이 1억 4,500만 원이나 되네요."

"자기 돈은 겨우 7,500만 원이라는 거네."

"거기에 신용대출 5,000만 원이 있으니 실제론 2,500만 원인 거죠."

권 지청장의 하나뿐인 딸이니 결혼할 때 분명 뭔가를 해줬을 것이다. 그런데 도대체 뭘 어쩌다가 이런 상황까지 왔는지 궁금해진다.

"남편의 상태는 어때?"

"한번 보세요."

권지현과 통화를 마치고 일터로 걸어가는 사내의 모습이 눈앞에 비춰진다. 힘없는 걸음걸이이다.

오른쪽 화면엔 신체상태가 표기되어 있다.

Chapter 13
—
불어가 완벽해!

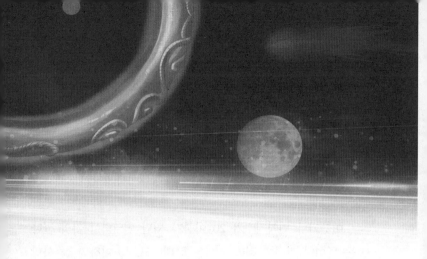

　― 신장 183㎝　　　　― 체중 70.6㎏,
　― 좌우 시력 1.0, 1.0　― 면역지수 23

　면역지수는 가장 좋을 때가 100이다.

　이때는 외부 요인으로 인한 질병에 걸리지 않는다. 현수의
몸 상태는 늘 이 수준을 유지한다.

　컨디션 좋은 운동선수는 86~95정도이고, 평범한 사람들은
대개 70~80 선에 머문다. 하루 종일 일을 하고 지친 몸으로
귀가할 때는 60대로 줄어든다.

　50 이하는 심한 피로, 30 이하는 극심한 피로 상태이다.

권지현의 남편 김인동은 사채업자에게 쫓기는 입장이고, 정신적인 스트레스가 엄청난 상황이다. 게다가 이전에 경험해 보지 못한 고된 일로 몸이 몹시 피곤하다.

　　감당할 수 없는 빚 때문에 입맛이 깔깔하여 식사량도 현저히 줄어들어 체중 또한 많이 감소된 상태이다.

　　어쨌거나 면역지수가 20 이하가 되면 면역력이 거의 없다는 뜻이니 질병에 걸리기 쉬운 상태이고, 10 이하면 곧 사망할 우려가 있는 상황이다.

　　"흐음! 상당히 힘든 모양이네."

　　"안 하던 일을 하는 거니까요. 김인동은 부유한 집안의 외동아들이거든요. 아마 평생 힘든 일을 안 해봤을 거예요."

　　"부모는 뭐 하는데?"

　　"부친은 작년에 작고했고, 모친은 남의 집에 입주하여 애 봐주는 일을 하고 있어요."

　　"부친이 남긴 재산은 없었어?"

　　"네. 사업한다고 다 끌어다 써서 15평짜리 빌라 하나가 남았는데 그마저 빚쟁이에게 넘어갔어요."

　　개인사업자의 수입이 직장인보다 낮다는 말을 많이 듣는다. 그래서 무턱대고 사업을 벌이는 경우가 있다.

　　잘되면 좋은데 안 될 경우가 더 많고, 그렇게 되면 대부분 모든 재산을 잃고 만다.

그런데 한국은 한번 주저앉으면 재기의 기회가 없는 나라
이다. 이래서 사업하겠다고 하면 주변에서 말리는 모양이다.

"흐음, 폐타이어 재생사업은 전망이 어때?"

"예전엔 고물과 관련된 사업이 돈이 되었는데 인식의 변화
때문에 지금은 별로예요."

"흐음! Y-스틸도 설립해야겠군."

"예에? 제철업을 하시려구요?"

포항제철이나 현대제철 등을 떠올리는 모양이다.

"아냐. 스테인리스 스틸을 가공하는 업체를 만들려는 거야.
항온상품에 많이 필요하게 될 테니까."

마법진이 그려진 스테인리스 스틸은 항온의류와 항온조절
장치의 핵심부품이다.

수십억 장이 필요할 수도 있으니 외주보다는 믿을 수 있는
사람에게 맡기는 게 좋다.

Y-스틸은 두께 0.3㎜짜리 STS 철판을 공급받아 절단기로
자르고 펀치로 구멍을 뚫어 납품하기만 하는 회사이다.

제공받은 스테인리스 철판을 임가공하는 건데 물량이 엄청
나게 많으니 수수료 수입 또한 어마어마할 것이다.

"Y-스틸 공장은 어디로 하실 건지요?"

"인천 동부제철과 현대제철 중간에 2,000평쯤 되는 부지를
확보할 수 있는 공장이 있나 찾아봐."

"그럼 가좌 1동이나 송림 4동, 또는 6동쯤 되겠네요. 매물

은… 아, 송림 4동에 있어요. 매물로 나온 공장 두 개를 묶어서 사면 합쳐서 2,100평이에요"

"그래? 주 변호사 보내서 인수해. 그리고 거기하고 인천지방법원 중간쯤 되는 곳에 아파트도 하나 물색해 보고."

"평수가 제법 돼야 하죠?"

"최소한 방 세 개는 있어야지. 임신 중이라며."

"에? 근데 방이 왜 세 개나 필요해요?"

"부부가 하나, 아기가 하나, 그리고 아기 돌봐주실 시어머니 하나, 이렇게 세 개는 있어야지."

"딱 중간은 아니지만 적당한 매물이 있네요. 432세대짜리이고 2011년 9월에 입주 시작된 거예요."

"그 정도면 많이 낡지 않았어도 손은 좀 봐야겠네."

"아마도 그럴 거예요. 매물은 34층 중 32층이에요."

"높아서 모기도 없고 전망도 괜찮겠네. 전용면적은?"

"38.6평이에요. 방은…, 그냥 평면도로 보세요."

말이 떨어지기 무섭게 언급된 아파트의 평면도가 뜬다.

"침실이 네 개네. 시어머니 방에도 드레스룸이 있고 화장실도 가까워. 괜찮아 보여. 이거 가격은?"

"5억 5,000만 원이에요."

"흐음, 마포보다 확실하게 싸네."

현수가 고개를 끄덕인다. 흡족하다는 뜻이다.

"좋아, 그거 구매해. 명의는 Y-스틸이야."

"그것도 Y-인베스트먼트 산하죠? 근데 공장은 어떻게 하죠? 공정에 맞게 손을 좀 봐야 되잖아요."

"당연하지. 구청이나 시청의 설계도면을 확인해 봐. 원자재의 크기는 1,219×2,438㎜야. 장당 4.76㎏이고 톤당 210장이야. 이거 하나당 450매가 나와."

"네, 알았습니다."

"참, 임가공 공정은 절단과 펀칭뿐이야."

"네!"

"원자재 반입, 작업장, 그리고 완성품 반출 공간만 있으면 돼. 어때? 가능할 거 같아?"

"잠시만요. 도면 확인하고요."

도로시의 대답은 금방 이어졌다.

"매월 2,000만 매를 작업한다면 원자재 212톤 정도가 필요해요. 이 정도면 좌측 건물 하나만으로도 충분해요. 월 1억 매까지도 가능하구요."

"뭐야? 그게 그렇게 큰 거야?"

"당연하죠. 바닥 면적만 450평이니까요."

"참, 사무실도 있어야 하고 직원휴게실도 있어야 하잖아."

"복층으로 꾸미면 충분하고도 남죠."

아주 간단한 문제라는 듯 대꾸한다.

"복층? 450평 전부를?"

"굳이 그럴 필요는 없죠. 사무실은 30평이면 충분하고, 직원 휴게실도 50평 정도면 널널하죠."

"그럼 우측 건물은?"

"그것도 호이스트[29]를 사용해서 그런지 상당히 층고가 높아요. 계단을 들어서 복층으로 개조하면 직원식당과 숙소 등을 충분히 감당하고도 남겠어요. 가운데 있는 담장을 헐어내면 족구장도 만들 수 있구요."

"그거 건축법 위반일걸."

"맞아요. 숙소나 식당으로 쓰려면 용도변경신청을 해야죠. 그렇지 않아도 조금 낡았는데 부수고 새로 지을까요?"

"기숙사와 식당 용도란 말이지?"

"터가 넓어서 크게 어려운 일은 아니에요. 직원 수에 따라 2층이나 3층으로 짓죠."

"그것도 추진해. 설계사무소는… 아, 한창호 건축사사무소에 의뢰해. 내가 마포 복합건물 설계를 승인하면 그것도 거기에 의뢰하고."

천지건설 사장 비서실 대리이던 조인경과 결혼해 알콩달콩한 삶을 살던 아는 형이다.

지금은 일감이 없어서 어려움을 겪고 있을 것이다.

"기숙사는 일단 30명을 기준으로 잡고, 방마다 주방과 화

---

29) 호이스트(hoist) : 무거운 물체를 주로 상하로 이동시키는 데 사용하는 기계장치

장실도 넣어. 원룸처럼."

"에? 주방요? 직원식당은 안 만들어요?"

"당연히 만들어야지. 그래도 한밤중에 출출하면 뭔가 해먹을 수는 있어야 하잖아."

"세탁기와 냉장고도 넣어요?"

"냉장고는 당연하지만 세탁기는… 그래, 세탁기도 넣고 공용세탁실도 만들어. 빨래방에서 쓰는 건조기도 넣고."

"방 면적은 얼마로 할까요?"

"하나당 20평 정도면 될까?"

"그거 전용면적인 거죠?"

현수는 크게 고개를 끄덕인다. 당연하다는 뜻이다.

"너무 좁으면 답답해서 못 살아."

현재 현수가 쓰고 있는 히야신스 숙소의 크기는 3×2.5m이다. 환산해 보면 2.3평 정도 된다.

화성(火星)에 신축한 황제궁에 있는 화장실 중 가장 작은 것도 20평이 넘는다.

그런 곳에서 살다 갑자기 좁은 곳에 있으려니 갑갑하기 이를 데 없다. 그럼에도 사장과 약속한 게 있기에 찍소리 않고 있는 중이다.

어쨌거나 직원들이 쉴 거처를 마련해주는 것이니 널찍하게 만들라는 것이다.

"네, 어련하시겠어요. 알겠습니다."

약간은 비아냥거리는 느낌의 대꾸였지만 현수는 다른 생각을 하느라 이를 눈치 채지 못하였다.

"규격대로 제작된 철판을 올려놓으면 자동으로 절단하고 펀칭하는 기계는 도로시가 설계해서 주문 넣어."

"사이즈는 가로세로 8㎝인 거죠?"

조금 전 0.3㎜ STS 철판 1장당 450매가 나온다니 역순으로 계산한 모양이다.

"그래, 중앙에 직경 0.5㎝짜리 구멍 하나 뚫는 거야."

구멍에 인공 마나석을 박으면 전자기판처럼 마나가 공급되어 항온을 유지하거나 설정온도를 변환시킬 수 있다.

"단프라 박스도 주문해야겠군요."

"1,500매씩 넣으면 15㎏이 조금 넘을 거야."

자세하게 말은 안 했지만 순식간에 넓이와 단위무게를 구하고 소수점 네 자리까지 암산으로 계산해 낸 결과이다.

현수는 확실히 머리가 좋다. 물론 도로시의 연산능력에는 비할 바 못되지만.

"알았어요. 그 정도면 박스 무게까지 합쳐도 15.5㎏이 안 되니 쉽게 운반할 수 있을 거예요."

"손 다치지 않게 충분한 여유 공간 주는 거 잊지 말고."

단프라 박스를 들려고 손잡이 안에 손을 넣었을 때를 고려하라는 뜻이다.

"당연하죠."

"이동식 테이블 리프트도 넉넉하게 주문해."

작업의 편이 또한 배려하라는 것이다.

"네, 알겠어요."

"핸드 파레트도 잊지 말고. 작아도 쌓아놓으면 중량이 꽤 되니까 유압식보다는 전동식이 괜찮을 거야."

"네, 분부대로 할게요."

"상차하기 쉽게 바닥을 개조하는 것도 잊지 말고."

화물차가 들어올 곳의 바닥을 적재함 높이에 맞춰서 파놓으면 완성품을 반출할 때 핸드 파레트로 밀고 들어가 살며시 내려놓기만 하면 된다.

이렇게 하면 힘없는 어린아이도 1톤이 넘는 무게를 쉽게 운반할 수 있다.

원자재의 하차 또한 같은 방법을 강구하라는 무언의 지시가 담겨 있다.

"어휴! 폐하는 그런 일도 한 번도 안 해보셨으면서 어떻게 그리 잘 아신대요?"

실제로 현수는 힘든 일을 해본 적이 거의 없다. 전능의 팔찌를 만나기 전에도 그랬다.

마법을 익힌 후론 더더욱 그러했고, 황제가 된 후엔 아예 무거운 물건 드는 일을 만날 수가 없었다.

제일 무거웠던 건 본인이 저술한 황제회고록이다. 양장본으로 제작했는데 두께가 있어서 권당 900g 정도 되었다.

사랑하는 아내와 신료들에게 주려고 사인본 이십 권쯤 든게 제일 무거울 것이다.

그렇게 3,000년 가까이 살아왔음에도 일하는 사람들이 무엇을 불편해하고 어떤 것을 힘들어 하는지 동선과 편의까지 고려해 주는 걸 보면 참 대단하다.

"김인동 씨에겐 스카우트 메시지를 보내."

"어떻게 하시려고요?"

"운동선수들 계약할 때 계약금과 연봉은 따로잖아."

"채무액 전부를 변제해 주시려고요?"

"그래야 마음이 편하지 않겠어?"

"원금만 25억 가까이 돼요. 얼마나 더 있는지 모르구요."

"계약금으로 30억을 주는 대신 30년간 근무해야 한다고 하면 이상하게 생각할까?"

"당연한 거 아닌가요? 아무것도 없는 빈털터리 신용불량자이고 하던 사업도 실패한 사람이잖아요. 이게 대체 뭔 일인가 하면서 색안경을 쓰고 볼 걸요."

참으로 어처구니없다는 뉘앙스이다.

"끄응! 그럼 안 되는데."

현수가 나지막한 침음을 내자 도로시가 끼어든다.

"차라리 당첨 복권을 슬쩍 주는 건 어떨까요?"

"당첨 복권? 그런 거도 가능해?"

"일본에 '로또7'이라는 게 있어요. 만약 1등 당첨금이 8억 엔이고 여러 명이면 N분의 1씩 나누니까 2명이면 4억 엔, 약 41억 2,000만 원이죠."

"거기서 세금을 떼면?"

"일본은 복권 당첨금에 대한 세금이 없는 나라예요. '국민의 꿈에 세금을 부과할 수 없다'라는 이유 때문이죠."

"와! 그건 참 마음에 드네. 한국도 이런 건 확실히 본 받아야 해. 나라에 도둑놈들이 많아서 그런지 평생 한 번 당첨될까 말까 한 복권까지 세금을 엄청나게 떼잖아. 안 그래?"

"맞아요. 이 나라에 도둑놈이 많다는 건 인정해요. 방산 비리 같은 게 대표적이죠. 나중에 다 죽이라고 할까요?"

*   *   *

경호 특성으로 프로그래밍 된 YG-4500이 내려왔을 때 이런 명령을 내리면 죽어나갈 부정부패한 공무원, 군인 및 정치인들이 널리고 널렸을 것이다.

"에고, 요 대목에서 왜 그런 말이 나와? 아무튼 외국인이 당첨되어도 세금을 안 떼?"

"네. 외국인이 당첨되면 특별영주권을 줘요. 외화 반출을

막으려는 목적이고, 일본에서 소비하라는 거죠."

"그건 일본이 한국보다 훨씬 낫다. 인정해. 정말 인정해. 그나저나 그거 당첨되면 김인동은 빚 다 갚고도 남겠네."

"그럴 수도 있죠."

"당첨 복권은 어떻게 할 건데? 아직 추첨도 안 했잖아."

진실로 궁금해서 묻는 말이다.

"추첨과 동시에 만들면 되죠."

"진짜? 어떻게?"

현수는 흥미진진 내지는 점입가경이라는 표정이다.

"전산 데이터는 추첨방송과 동시에 조작하면 돼요. 복권 실물은 원소수집기만 있으면 되잖아요."

"정말 가능한 거지? 그럼 차라리 국내에서 하는 게 낫지 않아? 한국 로또는 조작이 어려워?"

"아뇨아뇨. 당연히 가능하죠. 근데 그러면 누군가는 손해를 봐야 하잖아요? 게다가 한국 로또는 당첨자가 너무 많아서 한 번에 빚을 갚을 정도가 안 돼요. 세금도 많이 떼구요."

국내 복권 당첨금에 대한 세금은 3억까지 22%이고 초과 금액은 33%를 떼어간다.

그래서 당첨금액이 40억 원이라면 실수령액은 27억 1,300만 원에 불과하다. 세금만 12억 8,700만 원이다.

최근엔 40억 이상의 당첨금을 받은 사람이 거의 없다.

매번 당첨자가 많아서이다. 그래서 1등에 당첨되어도 실수령액이 10억 미만인 경우가 많았다.

평생에 한 번 당첨될까 말까 한 복권치고는 수령액이 너무 적고, 떼어가는 세금은 과도하다.

1등에 당첨되어도 '인생역전'이 불가능해진 것이다.

"로또7 당첨 복권을 만들어서 슬쩍 주자는 거지?"

"네. 고용계약을 하면서 행운을 빈다는 뜻으로 주면 크게 이상하게 생각하지 않을 거예요."

"그건 좋은데 당첨금 받아서 빚 탕감하고 안 오면?"

"그건……."

말끝을 흐리는 걸 보면 이런 경우는 고려하지 않은 모양이다. 도로시가 조금 더 인간에 가까워진 느낌이다.

"그건 내가 알아서 할 일이라는 거지? 인간으로서 매력이라도 발산해야 해? 동성인데?"

"…폐하, 미워요. 지금 저 놀리시는 거죠?"

"하하! 알았어? 눈치 한번 빠르네. 알았어. 그건 내가 알아서 할게. 당첨 복권 만들 준비나 해."

일본인 중 하나의 복이 반으로 나뉘게 생겼지만 아무런 가책도 없다. 그쪽 인간들에겐 무관심하기 때문이다.

"참, 김인동 씨 급여는 어느 정도로 할까?"

"고정급보다는 성과급이 나을 거예요. 주문물량만 소화해내는 것보다는 적극적으로 영업할 수 있도록 하죠."

"그러려면 우리 말고 다른 곳 일도 수주해서 작업해야 하는데 지장이 없을까?"

"공장 넓히고 직원을 더 늘리면 되죠. 불경기라 매물로 나온 공장 많아요. 노는 사람들도 많구요."

"알았어. 일단 Y-스틸부터 설립하고 공장을 매입해. 기계류 설치와 개조작업을 하면서 김인동씨 면접을 보자."

"네, 지시대로 할게요. 근데 김인동씨 직책은요?"

"나이가 몇이지?"

"서른셋이에요. 정확히는 32년 9개월하고 16일이에요."

"흐음, 사장을 시키기엔 너무 젊군. 부장도 그렇고. 그럼 과장쯤 하지. 연봉은 1억 2천만 원 정도로."

"네? 뭔 과장 연봉이 그렇게 높아요? 지금 대기업 과장의 평균 연봉이 6천만 원 정도예요."

"그런가? 그럼 9천만 원으로."

"설마 실수령액은 아니겠죠. 인센티브도 준다면서요."

"실수령액 맞는데."

현수는 당연한 걸 왜 묻느냐는 표정이다.

"헐! 그건 연봉이 1억 1,500만 원일 때 받는 거예요. 중소기업 과장인데 그렇게 많이 준다고 하면 이상해할 걸요."

"그래?"

"혹시 잡아다 눈과 간, 그리고 신장과 심장을 뽑는 건 아닐까 할지도 몰라요."

"그럼 도로시는 얼마가 적당하다 생각해?"

"아무리 많이 줘도 세전 연봉 7,200만 원 정도면 괜찮을 거예요. 아, 인센티브 추가라고 하면 좋아할 거 같아요."

"그래? 보너스는 없는 건가?"

"그게 인센티브잖아요. 왜 자꾸 퍼주시려고 해요. 권지현님은 이젠 완전히 남인데 말이에요. 집도 제공하시려 하고… 설마 권지현님에게 흑심이라도……."

"뭐야? 도로시, 방금 날 모독한 거 알지?"

현수가 정색하자 도로시는 즉시 깨갱한다.

"아, 아닙니다. 죄송합니다. 제가 실수했어요."

"그래, 친근하게 구는 건 좋은데 선은 넘지 말자. 내가 겨우 그런 인간으로 여겨진 거야?"

"아, 아닙니다. 제가 잘못했습니다. 말이 헛 나온 겁니다."

"분명히 말하지만 연희와 지현은 이미 남의 아내가 된 사람들이야. 과거의 인연이 있었으니 도움을 주겠지만 내가 어쩌려는 마음은 손톱 끝만큼도 없다는 걸 기억해."

"네, 명심하겠습니다, 폐하!"

"그래, 나머진 이따 얘기해."

＊　　　　＊　　　　＊

히야신스 홀의 입구로 나아간 현수는 close를 open으로 돌려놓았다. 영업개시를 기다리는 손님들 대부분이 여성이다. 또 정신없이 바쁜 하루 일과가 시작된 것이다.

'오늘은 맘충과 그 일당들이 안 오길!'

마음속으로 기원하며 안으로 들어섰다.

그러자 여느 날과 다름없이 여기저기에서 호출했고, 그때마다 상냥한 미소를 지어 보였다.

현수가 응대를 하고 돌아서면 손님들은 자기들끼리 소곤거렸다. 작은 소리지만 현수의 귀에는 또렷이 들린다.

"봐봐! 잘생겼지?"

"그래, 훈남이네. 근데 진짜 의사 맞아?"

"그런가 봐. 전에 불법체류자로 신고해서 단속반이 왔었는데 미안하다고 하고 갔거든. 그때……."

거의 매일 오는 손님이라 그런지 현수에 대해 아는 것도 많았다.

영어와 불어가 원어민 수준이며, 남아프리카공화국 프리토리아 의과대학을 졸업한 후 동 대학병원에서 인턴 과정을 수료했음을 이야기했다.

인터넷 검색이라도 했는지 남아공이 미개한 원주민들만 사는 나라가 아니라는 것과 프리토리아 의과대학이 한국으로 치면 서울대학교 의과대학이라는 부연 설명도 했다.

이쯤 설명되었을 때 여인 중 하나가 호출 벨을 눌렀다.

다른 테이블에서 요청한 서비스를 마친 현수는 웃음 띤 얼굴로 다가섰다.

"부르셨어요? 무엇이 필요하신지요?"

"웨이터, 여기 물 한 잔만 갖다주세요. 근데 우리 어디선가 본 적이 있지 않나요?"

유창한 프랑스어였다. 하지만 현수는 한국어로 대꾸했다.

"한국인 같은데 아니신가요?"

"… 뭐라는 거죠? 물 한 잔 부탁드렸어요. 그리고 우리가 구면이 아니냐고도 물었구요. 불어 몰라요?"

또 프랑스어로 물었는데 발음이 시골틱하다. 한국으로 치면 강원도 두메산골의 1960년대 사투리 같다.

현수는 싱긋 미소 지으며 대꾸했다. 물론 불어이다.

"손님, 저는 손님을 처음 뵙습니다. 그리고 물은 저쪽 냉장고 안에 있고 셀프서비스입니다."

"그런가요? 근데 어디서 본 거 같아요."

여전히 프랑스어다. 현수는 싱긋 웃으며 대꾸하였다.

"제 얼굴이 워낙 흔해서 착각하신 듯하군요. 그리고 한국어를 몰라 안내문 내용을 모르시는 것 같습니다."

"네?"

짐짓 놀란 표정을 지어 보인다.

"저희 히야신스에서는 사이다, 콜라, 펩시, 환타 등의 음료와 물은 셀프서비스라는 게 안내문 고지된 내용입니다. 양해 바랍니다."

누가 들어도 아주 유창한 프랑스어였다.

조금 전 자신의 불어 실력을 뽐내려던 여인은 짐짓 알았다는 듯 고개를 끄덕이곤 자리에서 일어섰다.

"안내 고마워요."

"별말씀을요. 손님 요구를 들어드리지 못해 죄송하군요."

"아니에요. 괜찮아요."

새침하게 귀밑머리를 쓸어 넘기며 여인은 생수가 담겨 있는 냉장고로 향했다.

발을 디딜 때마다 실룩이는 둔부가 육감적이다.

하긴 긴 생머리에 170㎝쯤 되는 몸매 좋은 팔등신 미녀의 뒷모습이니 당연할지도 모른다.

짧은 치마였고 쭉 뻗은 다리는 탄력스타킹으로 감싸여 있다. 그리고 에나멜 브라운 하이힐을 신고 있다.

누가 봐도 섹시한 모습임이 분명하다.

따라서 웬만하면 군침이라도 삼키련만 현수의 눈동자는 평온하기 그지없었다.

아주 오래전 일이지만 권지현과 강연희, 그리고 이리냐는 전 세계 모델계의 Top 3였다.

모델계에서도 범접할 수 없다 하여 '슈퍼모델' 위의 '스타모델'로 분류되었고, 몸값이 비싼 것으로도 소문났다.

1997년에 돌리 매거진 모델 선발대회에서 우승하면서 모델계에 입문했고, 빅토리아 시크릿 모델로서 최고의 개런티를 받는 세계적 톱 모델이 있었다.

올랜도 블룸과 결혼한 미란다 커(Miranda Kerr)이다.

그런 그녀가 받는 개런티의 20배를 권지현에게 제시한 세계적인 기업들이 있었다.

예를 들자면 나이키, 코카콜라, 구글, 마이크로 소프트, 애플같이 웬만하면 누구나 아는 기업이다.

결론부터 말하자면 권지현에 이어 강연희와 이리나에게도 차례로 CF 출연을 제의했지만 모두 거절당했다.

셋은 수많은 기업의 열화와 같은 요청에도 불구하고 오로지 이실리프 계열사 CF에만 등장했다.

미라힐, 항온의류, 듀 닥터, 쉐리엔, 아르센의 공주, 디오나니아의 눈물 등의 전속모델이었던 것이다.

이들이 받은 개런티가 얼마인지는 끝내 알려지지 않았다.

그럼에도 엄청난 액수였을 것이라 짐작하는 이유는 자선을 위해 쾌척한 금액이 커서이다.

권지현은 아프리카에 창궐한 전염병 치료를 위해 150억 달러를 내놓았다. 한화로 18조 원이다.

강연희는 인도에서 카스트[30] 에도 들지 못하는 불가촉천민들을 생활개선을 위해 150억 달러를 쾌척했다.

30) 카스트(Caste) : 계급을 뜻하는 포르투갈어. 인도에선 '바르나' 라고 함. 색깔이라는 의미로 아리아 사람과 원주민들의 피부색이 다른 것을 뜻함. 브라만〉크샤트리아〉바이샤〉수드라

이리냐 또한 굶주린 어린이들을 위해 150억 달러를 내놓았다.

얼마나 많이 벌었으면 이런 거액을 내놓겠는가!

참고로 2016년 현재 대한민국 부호 1위의 재산 평가액은 8조 7,333억 원이다.

그런데 각각 18조 원씩을 기부했다. 이러니 어마어마한 개런티를 받는 것으로 오인한 것이다.

어쨌거나 딱 한 번씩 CF로 찍은 브로마이드는 수많은 남정네들의 애장품이 되었고, 훗날엔 웃돈이 붙어 거래되었다.

더 이상 구할 수 없는 진품명품 대접을 받게 된 것이다.

셋은 뭇 사내들의 여신으로 군림했다.

각기 '이실리프의 아프로디테', '엠퍼러스 비너스', '퀸 오브 엘프'라 불리기도 했고, 한꺼번에 '트리플 퀸'이라는 칭호로 불렸다.

참고로 예카테리나는 '디케 오브 엠파이어'라 불렸고, 백설화는 '임페리얼 프시케'라 불렸다.

디케는 정의의 여신이고, 프시케는 아프로디테의 질투를 산 아름다운 공주의 이름이다.

현수는 그런 그녀들과 1,000년 이상을 같이 살았다. 그런데 어찌 평범한 여인 따위에게 흔들리겠는가!

훨씬 더 뛰어난 미모와 몸매를 가진 다이안 멤버들조차 현수의 마음을 흔들지 못하고 있다.

어쨌거나 일부러 도발한 뒤 자신의 몸 중 가장 자신 있는 '애플 힙'을 보여주며 걸어간 윤세정은 우아한 몸짓으로 생수한 병을 꺼내 들곤 뒤돌아섰다. 그러곤 당황했다.

　"……!"

　당연히 입을 벌린 채 자신을 보고 있을 줄 알았는데 보이지 않은 것이다. 이때 현수는 다른 테이블 앞에서 무언가를 설명하고 있었다. 완전한 작전 실패이다.

　"칫!"

　또각거리며 자리로 돌아와 생수병을 비틀어 따자 곁에 있던 여인이 묻는다.

　"세정아, 어때? 저치 불어 잘하는 거야?"

　"그래, 잘해. 그것도 아주 잘."

　세정이란 여인은 인정할 건 인정하는 성품인 듯하다.

　"영어로도 한번 해보지 그랬어?"

　"불어가 완벽해. 그럼 영어는?"

　한국에선 프랑스어보다 영어를 더 열심히 가르친다.

　초등학생 때부터 배우고, 대학 입시는 물론이고, 입사와 승진시험을 볼 때도 빠지지 않고 평가한다.

　심지어 공무원 시험을 볼 때에도 영어 실력을 평가한다.

　반면, 불어는 전공으로 공부하지 않는 한 고등학생 때만 잠깐 배운다. 둘을 비교하면 어떤 것을 더 잘하겠는가!

"당연한 걸 묻냐? 그나저나 너 한번 도전해 봐."

"나?"

윤세정의 말에 안정희는 입술을 꼭 다문다.

『전능의 팔찌』 2부 3권에 계속…